忆秦娥·风雨星辰

真生活，风吹雨打星辰月。星辰月，朝起暮霜三更雨歌，四时阅尽冬有色。荣华尊贵烟尘绝，烟尘绝，情真意切心境天阔。

胡山文题词

风雨星辰

方文 著

中国法制出版社
CHINA LEGAL PUBLISHING HOUSE

自　序

在还没有想好本书书名的时候，我便开始写序了。

曾有朋友建议我请一个名人写个序，给这本不起眼的书亮亮相。我谢绝了朋友的好意，一个粗手捏制的土陶，再怎么给它描锦绘彩或往腹中塞金填银，都成不了唐三彩或金钵钵。这只会让人嘴上不说心里却感觉好笑，光头披袈裟，充什么和尚？这既违逆了我的心意，又与“书意”不合。

做一个真实的自己和诚恳地看待世上的一些人和事，在叙述中发现文化的优劣和让读者有自己的考量，才是本书的真面目。

记得十年前，我写了五十年人生中的第一篇散文《本色万佛山》，被好友韬滔赞赏和推荐，在《人民日报》（海外版）刊登，受到了一些好评。韬滔算得上是文学方面的专家，原先搞文学评论，后来做了编辑当了领导，他总是不断地鼓励我要坚持写作。他认为，好东西放久了会发霉生锈，好思想搁置久了会枯萎暗淡。

于是我断断续续写了十几篇，发表了十几篇，渐渐感觉有些是我写的东西，有些又不像我写的东西，发现我的写作意图和方向在变化，一种趋势慕荣的变化，一种追名逐利的攀比。我写不出那些东西是一回事，我写出的东西不是想写的或感性多于真情的东西是另一回事，这样的写作终会虚无枯竭，又有什么值得坚持和欣喜呢！

一位北京大学的搞美学的教授朋友曾对我说，他也给一些报刊投过文章，不想投了，跟风迎合没意思，还是搞自己的研究，写自己的文章有成就感。我也曾对一些关注我写作的朋友们说过，刊登的文章不一定是好文章。这让人有些不理解，有人认为我是吃不到葡萄说葡萄酸，也有人认为我是扞格不入，跟不上主流。我不以为意，开始慢慢地写，有了感觉就写，没有感觉就不写。

后来我关了我在北京经营的公司，办理了提前退休的手续。因为孙子在美国出生，我和国内许多退休老人一样，成了儿孙的“保姆”，过上中美两国来回飞的“候鸟式”生活。我的行为习惯和文化思想就这样在国内、国外来来回回的经历中经受碰撞和摔打，有时清醒，有时困惑，有时兴奋，有时沉默。

我坚持不懈地把这些经历记下来。不要完全相信记忆，记忆是经不住风雨和时间考验的；不要完全听别人怎么说，一切传言都是别人嚼过的馍；也不要完全相信一处、一时、一人、一事的见闻，只能如实陈述。并且，我相信主观陈述也是靠不住的。相信读者会有自己的文化观。

文化大得很，无所不包，无所不容，你生在哪儿就是哪样的人。一个含哺鼓腹的人，一个南腔北调的人，一个拾遗补阙的人，一个念旧怀远的人，一个危言危行的人，一个道德感强烈的人……在把这些编辑成册时，才发觉它们杂乱不成章，归类很难，这才想起文化的好：包罗万象。文化既包容又改造人的生活习惯和行为意识。文化是网，也是筐，我们一边织网编筐，一边又钻筐入网。

曾经听过一个笑话，在北京，有一个人要租房，自己张贴寻租启事，既不想租一般民居，又不想让人家误解他的身份而租了不合适的房，所以就自称是一文化人。结果是没有收到一个出租房的信息。后来他向中介朋友抱怨，人家笑着答道，文化人真是个不确定的概念啊！谁愿意把房子租给一个身份不明的陌生人呢！你不能还停留在所谓的泥糊腿子大老粗和知识分子有文化的认知时代，那都是过时的、模糊的、带有歧视性的说法，也是一种旧观念。谁愿意跟一个满街贴小广告的自诩的文化人打交道呢？文化人嘛，你懂的，旧习气，常给人忧乐无常、俯仰失度的印象。

我在美国遇到一对犹太人夫妇，他们人很好且有见识。我们一起闲谈中国、美国的饮食文化，他们承认中国的美食很好，但不好把握，因为都是凭人的感觉和经验形成的菜肴、菜谱，一人一地一个样儿，而且食材的差别也很大。由食材又讲到中国超市，我说这里唯一的中国超市快要办不下去了，价高，买的人少。他们说，在这里就不能像你们中国那样，按市场规则，一天有千万家饭店关门，一天又有千万家饭店开业。要想在美国吃到中国菜，就情愿超市的菜贵一些，这里这么多中国人，人人都去买，帮助超市生存下去，因为菜贵一点总比没有菜要好。

我一下子明白了犹太人的聪明之处，明白了他们的价值观和生命力，明白了信仰给他们的力量和他们对信仰的坚守。利益只是文化的一部分，文化不认同，利益肯定打架损害。文化分裂，某种程度上也意味着人心分裂，人心都四分五裂了还要利益有什么意义。人为了不同的利益而打架，根源还是在于文化。

有一天，刚上小学一年级的孙子突然对我说，学习有什么用，要好有什么用？当然这可能是因为我们在家逼他学习汉语使他烦累，也可能是因为他自小在美国接受教育，对中国、美国文化缺乏正确的认识。这就是中美文化的差异，就是两种不同的教学观。孙子还对我说，他的同学刚从中国来，对他说不想回中国了，在中国学习累死了，而且老师经常批评学生，不给学生好脸色。美国老师对每个学生都好，上课有学生讲话，老师给每个学生发几颗口香糖，学生吃了糖就顾不上讲话，老师比妈妈说话温柔多了。

我被触动。国人以会外语为荣，出国后又疏离祖国文化。现在有些人不想了解过去，农不农，工不工，就连有些商人和知识分子也是这样，什么都像，又什么都不像。

我有一个梦，“尊重文化，厚人薄物”。文化要推陈出新，去粗取精，去伪存真，不断变革。文化改革不仅是发展文化产业，而是要触动人的灵魂和意识形态，要改变人的生活和行为习惯，甚至要动我们的“奶酪”。

至此，想起一方水土养育一方人，一地一风雨，一人一文化，人人心中有星辰，人人心里有梦想。

书名出自书中“华风、美雨、人生、乡情、心语”5个方面的寻觅和感悟，《后记》中已有说明，故不再赘述。敬请批评指正。谢谢！

目录

华风

风，自然气流。地因之而奇，山因之而美，人因之而知世事冷暖，风流习传，秉性不易。华风，《诗》之起源，促民族和睦，各显优势，精彩纷呈。本章采“两山两水三地”之自然环境及人文风貌，以点带面，欲使读者感受真风真情。

美雨

雨，自然一景，旅美才知何为自然与现代的结合。我记下“春钓的喜悦，夏夜的星月，秋日的静谧，冬雪的温暖”。这些经历和感受，反映出人对自然和外物的态度。好雨知时节，旅途滋人心。

人生

人生的话题无穷无尽。人生或伟大或平庸：有人轰轰烈烈，有人默默无闻，有人活着为人，有人活着为己，有人图名，有人求利……不一而足，各有活法。本章通过对普通人、底层人，甚至亲人的人生面貌和生活态度的抒写，表达人生多样，人生有大美的情思。

乡情

乡情，一种根深蒂固、生死不渝、代代相传的情意，深于友情，密于爱情，浓于亲情。它不同于老乡归宗同人之情，其生发源于社会、文化、人的进步。它是那些能勾起人心中事的乡情，是不为己而为他的乡情，是事虽小却也要记住一辈子的乡情。

心语

心中的话，触景生情，因情而发。不是不平则鸣，不是鼙鼓呐喊，而是出自人最动情柔弱处的灵感。心有所通，意有所会，大音希声。心语离人心最近，没有隔膜，说自己的故事，给心有灵犀的人听。真言情语，唯心语是也。

华风

风，自然气流。地因之而奇，山因之而美，人因之而知世事冷暖，风流习传，秉性不易。华风，《诗》之起源，促民族和睦，各显优势，精彩纷呈。本章采“两山两水三地”之自然环境及人文风貌，以点带面，欲使读者感受真风真情。

香山晚照

香山位于北京城城西，距市中心约三十公里，在五环和六环之间，是北京最有名的山之一。

北京城与香山相互顾望、相互映照，纵横俯仰，奇伟壮美。常使人们在城里看着山，在山里又望着城，自然生发出“高山景行”的意境。而那香山晚照更是令人感动和震撼。

记得当时上山看晚照的人很少，傍晚了，别人都在下山，我们反而上山。太阳在山的西边，估计会在六点下山，我们只有四十分钟的时间来与太阳赛跑。正面的山道上有两千多个台阶，那是香山被称为“鬼见愁”的路，最为陡峭，但它是通向山顶最近的路。

太阳光已拖着香山的影子站在了香山脚下，一小片，像正午时人自己的影子。影子如舞台的幕幔一样徐徐地走动，幕幔所到之处的城市景物变得暗淡缥缈，暗淡中的景物如在乘凉休息，轮廓分明，给人静穆之感；明亮处的景物更加灿烂，有些耀眼。帷幕的移动速度由慢变快再变慢，而且是一层又一层地拉上的，直到把大地舞台遮盖得严严实实。远处的一片亮是持久的，让人产生错觉，分不清是旭日还是夕阳的光辉。绣帘开，晚照窥人。人像小鸟一样，登高后连自己的影子都找不到。

到山顶时，太阳已像红奢熟透的柿子落在了地上，一半埋进地里，一半仍留在地面，弄得天涯地角一片拖泥带水的残红。我面朝空阔无际的远方，舒心地大喊一声："太阳下山了！"喊声一去无回，听不到回声。太阳下山的地方也很广阔，有许多的楼房和烟囱，云烟缈邈，朋友说："那就是曾经名声了得的首钢老厂。"

太阳彻底地钻进大地的被窝里，蒙头睡去。晚照熄灭了，如同名声的起灭一样，起的时候由近及远，灭的时候远处倒还留有余光。人类真该感谢太阳，是太阳懂得按时休息，人才不至于累死。太阳这种既创造时刻又遵守时刻及尊重自然规律的精神，比它留在人间的光辉和名声要长久。人们不仅感谢和赞美太阳，更是和太阳的精神融为一体，以至代代相传。

天渐晚，灯光"晚照"又起。北京城繁星闪耀，灯火如海，流动的车辆更似火龙飞驰，照得香山明亮如昼。山上没有路灯不见星月，但人们能将彼此的面部表情和石阶的高低深浅看得清清楚楚。市里有一条公路的路灯，瞬间像流星一般从路的一头亮到另一头。如电速与光速的时差，在城市的光屏上划了一下。真是惊心动魄的晚照！许多年前曾有人对我说，在北京的长安街上看不见星星，长安街上的灯光太亮，使星星害羞。如今长安街上空的星星像大方的模特，闪耀美丽。

下山时有一段小插曲。一女孩，大学生模样，带一只叭儿狗，叭儿狗跟着女孩上山，像模像样地跑。下山时它闻到了卤鸭的香味，不再跟着女孩下山了。我们给了它一块骨头，它便呜呜地吃，吃完就跟着我们走，我们走得快，它也跑得快。女孩在我们身后不停地喊着狗的名字——“花儿！花儿！”花儿像忘了主人似的不理不睬。当女孩的喊声渐悄渐无时，我们不敢再带花儿走了。女孩赶到后，抱着花儿，不停地拍着花儿的头，怪嗔地骂它：“没出息！”此时的花儿低眉耷耳乖顺无比。我们私底下觉得好笑。其实动物只求一饱一宿，它不会因主人带它爬山看风景就会长出息。反倒是胆大的女孩要长些记性，满城灯火，渐重渐晚，莫把灯光真的当作美好的晚照，错过回城的时光。

这已是好多年前的事情了。现在北京城夜晚的灯光按规定已减少了许多，香山晚照恐怕只能看到太阳照耀的那一面，但那是最真实的一面。好想再去看看。

本色万佛山

万佛山，是我家乡的一座最高的山，海拔 1539 米，位于大别山山脉。它不像五岳声震寰宇，也不像昆仑势压群岭，更不像黄山游人如潮。但它外敛内旷、外朴内秀：因为无名而天然宁静，因为游人少更显藏珍蕴宝。

万佛山，原名“猪头尖”。家乡人都说：“登上猪头尖，伸手摸着天。”幼年时，我就对这个“险诞、怪异”的说法，产生过许多想象，可惜山高路远，终成少年梦想；中青年时，曾几次路过山下小镇，却因忙于营营没有娱山乐水的闲心；再后来，有长假了，旅游热了，山名也改称“万佛山”了，又仰望名山大川，追寻奇景胜地，这山望着那山高，小觑了家乡的万佛山。

那年“五一”长假还剩最后三天，我实在待不住了，儿时种在心田的小苗，在五十岁的人心里早长成参天大树。十几位同学都有同感，我们驱车赶在夕阳相迎的时候，住进了万佛山脚下的宾馆。于是，几栋傍山临溪、散落孤寂的屋宇，彻夜不得“安宁”。

泉水淙淙，晓梦啼莺。清晨五点半，我一一敲开伙伴们的门，大呼：“我们登山去也！”宾馆工作人员早已备好了早餐，还找来一位农民向导。上车时，一位姑娘跑来告诉我：“你的草帽没有帽带，山上风大，戴不住。”她解下了礼品盒上的一条杏黄色绸带，细心地拴在我的草帽上。一顶陈旧泛黄的草帽飘着鲜艳的帽缨，顿时让我兴奋。我充满好感地对姑娘说：“下山之后我们还来就餐。”姑娘莞尔离去：“没什么，好好玩吧！”

登山伊始，我就预感今日志在登顶者，唯我一人耳。昨晚约定，今日晓平、家来、建飞、升跃和我五个人登山，其余同学在山脚下转转，走哪儿算哪儿。现在，晓平手拿名人字帖，边走边看，悠哉闲哉，正有找僻静凉快处欣赏字帖胜过观景的念想；升跃近期重拾年轻时画画的爱好，所以手不离数码相机，履巉岩，抚孤松，徜徉于瀑流溪边，盘桓在花间崖下，你不催唤他，他随时会躲起来；建飞边走边声明：这山年轻时爬过，上山半天路，下山半天时，之后腿痛一星期，只陪大家走一段，不愿再吃二遍苦，再受二茬罪；家来不急不躁，寡言缓行，哪晓得，山未走三分之一，力气好像全部用尽，喘息不绝，口口声声要等山下同学上来。看着家来和晓平俩人一踱一踱与我等渐行渐远，我们在大呼小叫的劝勉声中不免带着一丝催促与埋怨。

山林深处的早晨，霏烟呈露，气清木馨。我们时而临渊步阶而上，时而穿越傍崖小道，时而迎风被蛛网扑面，时而穿林为箐萝拂衣。向导一边不停地将拦路的枝枝丫丫清理掉，一边告诉我们，山里人有开路、护路、标路、指路的习惯。他指给我们看，山崖上、山沟里盛开着红、黄、蓝各色的映山红，还有一片片洁白如云的槐树花。“城中桃李愁风雨，春在溪头荠菜花。”山花开得千姿百态，姹紫嫣红，异香纷呈；如崖上壁画、丛中佳人、溪边浣女；或虬腾虺走，或漫山遍野，或笑曳道旁。正如醉翁所言：“野芳发而幽香，佳木秀而繁阴。”移步换景，人入佳境，仙界莫过如此，不知不觉中我们登高小半。

有人自嘲，我们五人年龄相加正好二百五十岁，“二百五”恐怕登顶难，一时间气氛凝重，众人气喘不语。人啊，就生活在性情中！突然，家来的手机响了，是山下女同学打来的，说她们爬了一段山之后，发现在山上看不见其他人，现在有点进退两难，不敢继续爬，也不敢返回去，请求援助。英雄救美，谁去？我只好对家来说：“是你的手机响，就辛苦你吧。”家来面露片刻难色，略有不舍地说：“好吧，我就不看美景，看美人了。”

我们为家来半途而退惋惜，亦为他助人为乐高兴。我们不再是“二百五”了。大家不约而同地关掉手机，不再赏景拍照，要全力用心爬山，四人要成为“四条汉子”，一个都不能少，都要登山顶。自古华山一条道，凡上山、下山只有一条道的山，其山必险，其道必陡。万佛山就是山前山后只有一条道的山，进这样的山，你定然不会走丢，但也不一定能上得去。

途中上来一伙人，男女老少，步履轻盈，行歌互答。不像登山锻炼，也不像旅游观光，像祖孙三代从这山到那山串亲访友。细问方知是山下人家，邻里相邀上山转转。黄发垂髫，怡然自乐，志不在登高望远，心不甘穷居野处，他们或走或看相携相扶，悠然自得，似指点自家山场；快活逍遥，如闲庭散步。和我们相遇，他们笑：“城里人，玩都玩得这么累！”

上了“咚咚岭”（跺脚有“咚咚”回响之声），算走完了一半山路。天高日晶，豁然开朗，人也似乎从阴翳森林、沟壑山谷里冒了出来。这里是“阴、阳、天、地”的分界：回头看，向来处，林海云霾、芳草旖旎、氤氲缱绻，人好比拥在大山的胸膛、母亲的怀抱，既温暖惬意又满怀豪情。颙望前方，光披兀岭，山尖缥缈，云梯蜿蜒，人好比站在大山的脊背，行云空中。脚下台阶千嶂万叠，悬崖峭拔峻厉，高路入云端。这里是磨炼意志、激人奋进的希望之巅，这里也是急功近利、心虚体弱者的难关险隘。

山高风吹帽，没有风啸云涌，但觉身轻衣飘。草帽系不住了，只好用手拽着帽缨。我们行走在酷似“猪脊背”的羊肠小道上；没有了“拔俗之韵、超群之美”的雅兴，只有万分勇气加十二分小心。我们四人奓着胆子、前后紧跟、肩踵相挨、手脚并用、匍匐而行；山很静，听得见心跳、吁喘、泉流声；汗干了又流，流了又干，脸上结了一层盐霜，但我们爬山不止。

终于到了山顶的前一站——揽秀亭，还有二百米就到山顶了，那是最险的峭崖绝壁，那是从“猪脖子”到“猪头尖”的一段路程。歇会儿，养点力气最后冲顶。

在亭中，我们遇见第一位山中人，老汉看着老，其实比我们还小点，戴一副眼镜，斯文略迟钝，在亭中卖矿泉水、方便面等杂物。我们问他：“何时来的？”他说：“记不清了。”我诧异地问道：“你住这？”他说：“是的。”我问他：“晚上一个人？”他说：“一个人。”“没有电灯、电视、手机？”“什么也没有（有手机也没信号）。”我更疑惑了：“你不害怕？不着急？”他说：“不害怕，不着急。在山上我待了八年，每年二月上山，十一月下山。在这八年里，每天守着这山、这亭子，瞅着这唯一上山的路，盼着有人上来。”我问：“每天能卖多少钱？”他笑晏晏地答：“几块钱，有时一天不见一个人，一块钱也卖不到。”我说：“怎么不到山顶上卖？”向导说：“他老婆在山顶上。”我等又是一惊：“你老婆也在山上住了八年？”他说：“山顶上安全些，让老婆驻守；有些游客到亭子后上不去了，所以我守亭子。”我问：“家中还有什么人？”他说：“两个儿子都外出打工，每年春节我们都回山下的家中团聚。”我问：“夜晚和老婆住一起吗？”他说：“不行呢，上山、下山太不方便，十天半月聚一次，很好了。”

咫尺天涯，二百米山崖相隔，八年厮守如一。一个山之顶，一个山之亭。白日影不能相望，夜晚声不能相闻。他们雷雨不怕，黑夜不怕，野兽不怕，鬼魅不怕，人生已无所畏惧，却甘愿过这人间“牛郎织女”般的生活。他们既不懂“金风玉露一相逢，便胜却人间无数”的浪漫情怀，也不会唱“两情若是久长时，又岂在朝朝暮暮”的理想高歌。但他们懂得平淡是真生活，真诚是真相爱。他们执着、踏实、无华、无言、无悔、无怨的守望之举，为万佛山增添了无穷的活力，架起了一道通向万佛山顶的人间彩虹。

我一刻也坐不住了。我要一口气登上山顶，要见见这位寻常大山里不寻常的妇人，要向这位守山者的妻子致以仰首大山般的敬意。

又经过了四十分钟的艰难攀登，我们终于登上山顶。刚踏上山顶我感觉头脑有点模糊，但很快就有轻松、满足、惊叹、喜悦的感觉。噢，这就是万佛山呀！它太像一具仰天长啸的“猪头尖”了。顶端不大（约二百平方米），也不平，有斜坡、阶层，山石嶙峋，沟坎参差，四面孤绝，突兀矗立。我既摸不着天，也触不到云；阳光普照，天地明媚，三面群山连绵起伏；一面城池灿若蜃楼。我忽然飘然：熙来攘往，只为仰视这无限尊崇的时刻，实现“山登绝顶我为峰”的满足？古往今来，但求那凌云驭风、俯察万物的境界，可曾想过“登此山者多矣，皆湮灭无闻”的古训？“快哉！此风。”一阵凉风将我吹回到现实。

还是快来见见这位山顶的女主人吧！登顶口处有几间简易搭盖的茅棚，她正恬然兀坐在檐下的杌凳儿上，见我是今天第一个上来的人，她似有微笑，起立招呼：

“来了！”我喘不及答：“你好，你辛苦了。”她看上去比他的男人年轻，精明开朗，第一眼就让我想起早年间生产队的妇女队长。我在山顶上转了一圈后坐到她的凉棚下，“茶怎么卖？”“一元一杯。”“哪儿来的水？”“是我男人从山腰泉眼处背来的，背一塑料桶水要两个多小时。这些锅、碗、瓢、灶、气罐都是从山下背上来的，我是义务护林员，我不让人在山上抽烟，我叫烧香人注意安全。”不用我问，我是眼到哪她就说到哪。我说：“你在山上不容易，你看，我们带了水和食物，但坐在你这不花点钱不过意呀。”她笑笑：“没关系，来人很少，来人就是坐一坐，歇歇脚，很少买东西。我已待习惯了，不在山上，心里反倒不踏实。”我将身上所带的钱全给了她，不好意思说送，就说：“上山没多带钱，这点钱，算作茶水费和香火钱吧。”我不信佛，也不烧香，或许她也不需要帮助，但我就是想给她一些钱。

高山野茶，清泉洌水，这是我有生以来喝过的最好、最美的茶。茶无形但色绿，味淡却绵久，初入口香酽不绝齿颊，越喝越觉甘甜回肠。我虽尝遍龙井、猴魁、碧螺春、铁观音诸类佳茗，但感觉独特、留有兰草清香、耐人寻味的，唯有这万佛山上农家出产的野茶。我看着杯中茶问道：“山下茶卖两元一杯，你的茶这么好喝，为什么卖一元？”她说：“野生茶都散长在高山林荫处，我们叫它‘高茶’。山上季节迟，我家的新茶还没送上来，你喝的是去年陈茶。”“喔，你不说，一点也喝不出来。”“你怎么不写个牌子？告诉大家，高茶，无污染，一元一杯，或凉好茶摆着卖。”她嘿嘿一笑，转身为我们续水。我以为她误会了我的好意：城里人干什么都挑在脸上，山顶卖水也不忘做广告。她转而淡淡地说：“上山来不容易，给不给钱，都得让人喝。”

下山之后，我感觉轻松了许多，就是腿有点痛。在“咚咚岭”遇到两个十来岁的男孩，向导认识他俩，问：“怎么来了？”一男孩答道：“上山玩，昨天来了没到山头，今天要到山头上去。”问答间，俩人像云中的鸟，在山崖上一蹦一跳，不见了。晓平说，山里的孩子有干劲，昨天上山，今天又上山。我更是感慨不已，这是山里孩子的福气呀！像你我小时候，还不是找个小土坡，冲呀！“杀”呀！几上几下，其乐无穷。现在的城里孩子还找得到小土丘吗？父母还让他们去“玩泥厮杀”吗？更何况独自上这样的大山？

同学们跷指相迎，我们也隐饰不住满脸英雄凯旋的得意。万佛山！我们仅用五个小时就拿下了！我说：“二百五回来了，但我现在感觉像二十岁。”升跃乘机揶揄道:“二十还是虚的。”众人又是一阵哄笑。

万佛山,再见了。峰回路转,坡陡车急。我倏然想起草帽丢在了山下的饭馆里,一路扼腕不止:人真是容易忘事,一天不离身的东西,怎么一转身就丢了呢?登山这事,恐怕也高兴不了几天。万佛山,猪头尖,这两个名字也怪:一个优雅、玄妙、智慧、慈祥;一个粗俗、形象、朴实、险衅。如果不是亲身经历,谁会把这两个不同的称谓联结为同一座山?

山之胜景,多妙于天成;心地平静,随地皆青山绿水;慕名逐流者,来去匆匆,来去空空。斯言信然!

九寨沟印象

在四川汶川地震的前一周，我和朋友去了九寨沟，那是历经数千次凶险后形成的自然地貌之美；是生活在奇险奇美中养成的平和快乐的民族特质的品性之美。这样的美应隽永地保留在那山、那水、那民情之中，给人爱之、思之、恋之的印象。

还飞在九寨沟的上空，就已领略其高山挺拔峻险、连绵不绝的气势，机翼几乎挨着山头，侧着山峦使飞机降在海拔 3447.65 米的九寨沟机场。九寨沟的山长得刀砍斧削、崖陡壁直，终年不化的积雪像白头老人，你走哪儿它跟你到哪儿，令人景仰不止。据说，九寨沟因有荷叶、树正、则渣洼等九个藏族原始村寨而得名，其中六个村寨至今仍“藏在深闺人未识”，我们只能猜想它的天生丽质。

“水是眼波横，山是眉峰聚，欲问行人去哪边，眉眼盈盈处。”九寨沟的水扑面而来，如山之精灵，人之血液，从雪山顶上，森林深处，岩层地脉，一涓涓，一滴滴，一缕缕，汇聚成流，飞跃成瀑，欢快成河，留恋成海。带着阳光和冰雪的爱恋；带着大树和小草的芳香；带着矿岩和泥土的体温，一路从高山之巅奔波到村寨麓下。于是其身后撒落无彩池、剑岩悬泉、诺日朗瀑布、珍珠滩、盆景滩等满地璀璨珠宝；串起长海、镜海、五花海、箭竹海、火花海、卧龙海、老虎海、芦苇海等奇景大观。

九寨沟的水是蓝色的，蓝得怪异诱人，光彩四射。蓝天比不上它的亲近和蔼，碧玉比不上它的清澈灵性，藏青比不上它的丰富流光。看着它那明亮似海伦一样的媚眼，我们发现碧海处处倒映着自己的身影。

九寨沟的水是安静的，像其水中的裸鳞鱼。裸鳞鱼是九寨沟水中的一种鱼，见人不躲不惊，成群结队，静浮水面。裸鳞鱼个头不大，但憨、静、不躁、招人喜爱。我和游伴们说：“在这样清澈见底、一览无余的海里，裸鳞鱼无处可躲可藏，于是干脆脱去‘衣衫’，坦然地面对世界，倒也处事不惊，超然自在。人如果想活得明白，自在闲适，不妨学学裸鳞鱼，脱去伪装、露其本真，定然能得到灵魂的洗礼与升华。”大家一笑了之，挥手鱼不去，只好人走开。

九寨沟的水是精彩多情的。它的外表如穿凤羽霓裳，五光十色，流光溢彩，在它精美的外表下仍保持其天然纯朴的本色，仍是一副洁白无瑕的玉体。我亲眼所见，在观光车上，一位豆蔻少女，忘情地将脸贴在窗玻璃上，恨不能穿窗而出，看着窗外满世界山海相映的水，似低帏昵枕般喃喃自语：“真是太美了，我怎么能错过哟！”不是真情不忘情，就连我们这些半百的人，也弄得脖长眼酸，哪儿还有“春来春去”的喜悦与惆怅；哪儿还有“四季之景不同，乐也无穷”的患得患失，只随着那溶溶曳曳，不急不湍的水走好了。

九寨沟的原始森林袒胸露怀，慷慨大方，像张开双臂等待千百年，要把人类拥抱。看那高耸入云的杉树，偃卧倒地的松柏，厚厚落满羽毛鸟粪的苔藓，幽深通古的林里行间，我觉得是站在千百年前，又觉得就是身处现代社会，两者之间没有岁月鸿沟，没有时间隧道，只有现代人修筑的栈道，只有象征现代文明的标记——“禁止通行”的小小木牌。于是，远古与现实对接，野兴与文明交融。没有人去好奇地踩踏森林中湿润松软的泥土；没有人去自豪地拥抱那奘实高大的云杉雪松；也没有人去跨越那忘却千年又倏然近在咫尺的记忆的樊篱。因为我们已与原始亲近，并久久不忍离去。森林莽莽，并不像想象的那样阴森、神奇，相反，它透着古朴、亲近。在这空气质量高于城市上千倍的负氧离子充盈的森林中，我们顿感神清气爽，四周豁亮，正是“山中方一日，世间数十年”。

好景要有好道，好道也是好景，九寨沟的车道和栈道既是好景也是好道。车道绕山行，栈道环水走，哪儿有车道哪儿就有栈道。车道与栈道，现代与传统，一头通向未来，一头连接过去，一边风驰电掣合着时代的节拍，一边悠然自得抒发怀古幽情。

车道上只有观光旅游车川流不息，可以乘车到任何景点，让乘客少走不少路；也可以不下车，坐车就能欣赏到恁山、恁水、恁寨；乘车随上随下，不须重复买票；一车一导游，个个伶牙俐齿，服务周到。如果不愿徒步观景，那么走车观花，车走景动，也“别有一番滋味在心头”。

“地崩山摧壮士死，然后天梯石栈相钩连。”“在陡峻的山崖间，凿石架木，下撑以柱，上覆以板所构成通道。”在九寨沟，栈道时隐时现，弯于山，穿于林，履于水，似云、似梯、似虹、似桥，绵延数十公里，傍山绕水直到山寨脚下。我们和多数游客一样，上山乘车，下山安步栈道。我们手摸着牢固光滑的栈道栏杆，脚踩着平坦、松软的木板，一边欣赏栈道旁的奇山异水，一边惊羡栈道自身的美。虽然像走在一条熟悉的路上，却有寻常散步的自如。“自古栈道多兵燹”，今天的蜀道已不再是“难于上青天”了，而是有着巧夺天工的便捷与美丽。“道是无晴却有晴”，九寨沟的道透着人性的美、自然的美。

到什么山唱什么歌，进什么寨跳什么舞。九寨沟人“闻则放歌，动则起舞”的快乐人生与其山水相依相连相媲美。走进藏族人家，迎接我们的是歌舞，送别我们的是歌舞，喝着青稞酒、酥油茶，所见所闻还是歌舞。藏、羌的小伙子和姑娘们没有忸怩矫情慵怠，无不尽情尽意，无不美妙绝伦。他们教我们怎样给歌舞者喝彩呐喊，“呀嗦！呀嗦！呀呀嗦！”就是“好！好！再来！”的意思。原汁原味像高山峡谷的风与水从藏、羌同胞的身体中旋转而出；美妙绝伦如高原的风俗民情在藏羌民族的血液里澎湃流淌。我们忘了吃与喝，完全被歌和舞灌醉了。

走进“高原红”剧场，迎接我们的是高山和高原文化与千古民俗万种风情的完美结合和展现，高歌把我们推入云端，送进大山，带进草原，享受风和日丽，又经受狂风暴雨；藏舞的大跨步、大翻转，激越跳跃，快捷果敢，使人不能安静地坐在台下，纷纷上台跳起了“锅庄”；而羌舞姑娘们舒身缓袖，娉婷袅娜，曲腰直体的独特舞姿，又使我们平心静气地直坐在座位上。这样的来自精神层面的游览使我们所想远多于所看。

进入寨里看看，是我们此行的重点。第二天我们专程拜访了则渣洼寨。村寨没有围墙栅栏，占着沟里很大一片地方；各家各户的楼房坐北朝南、依山傍水散建在公路旁；房前空旷，相隔有距，一律砖木瓦建筑，外墙体大红大绿，涂锦绘彩。寨里古色静穆，灵塔肃立，经轮沉寂，经幡招展，香烟缭绕。只见每家都敞开大门，却听不到人声，见不到人影，一派“夜不闭户，道不拾遗”的景象。跟着一只美丽的鸟走，终于见到一位老妪，我们看她，她向我们招手。她欢迎我们去家里参观，她虽然不会说汉语，但好像能听懂我们说的意思。屋内也是几厅几室的布局，有电视、冰箱、手提电脑，院里一角用矮墙隔出几畦菜地，院外停着一辆本田轿车。老人慈祥、寡语，我们提出和她合影留念，她抹抹脸，指指眼睛，意思是说自己老了难看，不好照相，听到我们说没关系，她就慨然端和地坐入我们中间拍了照。

拜访结束后，发生了一件意外的事情。教授的照相机丢在寨边的小卖部，她回去找过，没有找到。我和朋友决定回去碰碰运气。我们见到的店主是一位二十来岁的藏族小伙子，他直截了当地告诉我们，教授已来过，没有见到照相机，见到会给你们的。正当我们怏怏离寨而去，教授又接到小伙子的电话，说照相机找到了。于是我们又三进则渣洼寨，小伙子和女服务员都说是在我们走后，在草地里发现了照相机。我们是千谢万谢汇成一句刚学会的藏语："扎西德勒"（吉祥如意）。小伙子豪气坦然，真实率意，生活得自然自得，我们应该这样祝福他。

温清歌响

在北京紫竹院公园，每逢周六、周日的下午，会有一支被称为“快乐大众”的义务演唱队出现在公园里。凭借公园的一块休闲空地，凭借热爱歌唱的满腔情怀，十几位中老年人，和着一位吹口琴人的琴声轮番演唱，唱得公园里万叶千声、柳绿荷红；唱得游人面露春色、心蕴温馨。

公园不收门票，敞门迎客，已然令人欢欣，又让人置身参树绿荫、轻歌曼舞之中，享受精神与文化的免费大餐，好似走进人间天堂。“人生无物比多情”，一草一木皆可爱。这里干净、优美、敞亮，古朴的栾树和银杏树是演唱队的旗帜；葱翠的竹林是露天舞台的大幕，树林荫翳，光霰斑斓，歌彻云霄，风景在歌里，歌里有春秋。

演唱是快乐的，不是自娱自乐自赏一样的快乐，而是有着自信、自强、自我牺牲一般的快乐。演唱者通过歌声把一切美好与希望的信念传达给观众。听歌人感受良多的是歌声之外的亲切、诚恳和祝福。没有狂欢与呼喊，没有涌动与追逐，每一声唱和每一个表情都深深地印在听歌人的心里。

“近者说（悦），远者来。”闲散的游人，倦慵的打工者，匆匆的过客都会不由自主地放慢脚步，停下脚步，以至久久地驻足。他们开始围成扇形，慢慢又围成圆形；开始是站立，然后是席地而坐；有人背靠大树；有人自倚修竹；有人忙于拍照。观众静默了、愉悦了、坦然了、庄严了，甚至鼓动孩子抑或干脆自己接过话筒。继而歌唱进入高潮，成了大众联欢，歌声、掌声、喝彩声和着欢快的舞步响彻树里竹间。

歌唱豪迈而有尊严，是真正的和谐之音，民众之声。他们不为名利而唱，不为煽情而唱，不为取悦而唱，不为竞技而唱，不为歌唱而唱……一句话，歌唱是为了大众。为他人的快乐和幸福演唱是世上最高尚的演唱，从心底流淌出的歌是最甜美的歌。像高山流水一样自然，像莺歌燕舞一样欢快；像阳光空气一样给予；像春风秋雨一样温清。

演唱中的细节颇有感染力和亲和力。记得有位年已花甲的长者在高歌一曲之后，还会幽默地提醒观众，歌曲的结尾处不换气，应一口气唱完；比如演唱者面对热情伴唱的观众总会积极相邀或递过话筒；小朋友更是活泼可爱，大胆地边唱边跳，有的甚至牵着妈妈的手上前演唱，一组少儿歌连唱，将人们又带回到“红领巾”的年代。

我粗略地计算了一下，三年里，演唱队几乎每周不落地共演出了三百多场，每场平均演六个小时，每场看演出的人不少于一千人，总共下来，已为三十多万人次演唱过，没收过一分钱演唱费、赞助费，这是一个专业剧团或专业演出队也难以完成的任务。

演唱队里也有一些退休的歌唱演员，但他们的作用主要是带动群众的歌唱热情，提高整体的演出水平。其实，这些退休的歌唱演员比专业演唱队表演得更好、更让观众满意。因为他们心无旁骛，自然自在，没有负担，他们的奉献和服务精神胜过了一切，像“子在齐闻《韶》，三月不知肉味”那样全神贯注。三年里，他们没有停歇，并且有更多的专业退休演员和观众加入，演唱越演越热烈、越唱越响亮。

我常常边看他们演唱边想这样的问题，他们虽然没有明星大腕、丝竹管弦、舞榭歌台、灯光装饰，但是观众就是发自内心地喜爱他们！除了歌曲的内容积极向上代表着大众文化以外，艺术表现的形式和表演者的表演情怀具有主导的作用，歌唱者的歌唱情感、内容与艺术形式是同一的、完美的。在零下十多摄氏度的冰天雪地里，他们手拿话筒或身着长裙，相比在暖意融融的歌厅里的演唱，更让身着羽绒服的露天听众感到温暖；同样，在酷暑炎炎的夏季，他们站在高阳下汗流浃背，连续六七个小时的演唱，喝一口自带的茶水或矿泉水，观者的感受更是清凉而难忘。

演出队里有一句温情直白的台词，“我非常非常喜欢你，不知你喜不喜欢我？”无人不大声地回答：“喜欢！”是喜欢也是祝愿，更多的人祝愿和支持他们坚持下去。世上很多美好都是因为坚持才绚丽多彩永留人间；反之，世上很多正确的事物却因为放弃而销声匿迹或成了错误。

子曰：“期月而已可也，三年有成。”坚持是最不易的，坚持自身就是一种美，就值得歌唱。歌唱只有成为人生的常态，歌声才会永葆冬暖夏凉！

窗　外

儿时的乡下，窗户就糊着一层纸，不小心弄破了，屋里反而更亮堂；舔一个洞儿，用一只眼对外看，能看到麦地、稻田、菜花黄……孩子们的心思在窗外；大人们却总是吆五喝六他揪着破坏者的耳朵，愁风愁雨。

进城了，满目窗明几净，有阴晴圆缺，也有纷扰匆忙。我总是喜欢站在窗前看高楼、道路、车流、人流，不全是因为自满自足而赏心悦目，更多的是多了一些静寂与思考。

不畏浮云遮望眼，阅尽庐山真面目。从十六层的楼上看窗外，眼皮下就是流淌的小河，是一条古老又现代的人工河，从紫竹院流到颐和园，从元明清流淌到眼前，数百年历史，像融入城市里的血脉一样，能顺着人的视野和心意流淌。它文静又干净，古老又青春，所经处皆温润、明媚、舒展。从它的“S”身影里我看到了它的特性，从它青、绿、蓝、白多面色彩里，我看到了岁月的偷换。

这是真正的北国，好似江南故里，好似旧友曾识。人生常常费解，一面是故土难忘，一面要四海为家，营造现实的新家又在处处模仿着心中的故乡，何处是故乡与何处不故乡，成为终生的追逐和缠绕。

远处，西山与我齐眉，与我神交，是我的望友。它总是毫不留情地阻挡着我欲穷千里的目光，使我的欲望和想象只能沿着山脉与山径攀爬。“窗含西岭千秋雪”，那是多么崇高千古的情怀，但眼前的朝霞秋红，烟雨迷茫，弯弯山道，才是天天要面对的现实。山如屏幕长卷，世殊事异，尽在山色有无中。

西山拥抱了北京城西南至西北的半边天，我从近处看到远处，从高处看到低处，在熟悉中寻觅陌生，在疏远中感受亲切；夕阳返照时，仍对山外山有着无限憧憬。

万寿寺是窗外最近的景点，是一所古老的寺庙，曾是皇家朝佛拜寿的地方。它楼台次第，红墙灰瓦掩映在高墙树间，寺宇更显静穆、庄严、古雅、神圣，无限空灵，无限精深。飞翘的檐角，仿佛是从绿树烟雾、高堂大殿里伸展的佛手，终日无声地召唤。

于是，那些手拿三角旗的人，那些头戴与三角旗同色太阳帽的人，蚂蚁搬家一般涌向寺院的大门，形成了甡甡尾随、长龙逶迤的景象。我们借此可以想象庙堂里的情景：拥挤又热烈，虔诚又单纯，信奉又茫然，皇权的意识与大众的追求一样前仆后继，驱而不散，如滚滚洪流。

倒是寺院的外面，偌大一片低矮、鳞次栉比的民居，犹如一处宁静的港湾；屋舍俨然、排列得像兵营一样，匍匐在阳光下，站立于风雨中。“暧暧远人村，依依墟里烟”，细雨蒙蒙，白雪皑皑，古朴，整洁，丰蕴，没有媚颜低俗，没有气宇轩昂，头顶上那片天空依然广阔。月光走到小巷深处，风吹着院里的落叶滚动。四面围观的高楼反而孤立狭隘黯然。我俯首低眉深情地眺望着它们，历史如同那里弯弯的巷；掌故犹如那里“庭院深深深几许”的屋，让人无限敬畏、无限遐想。

原来世上一切崇拜的东西竟是崇拜者作茧自缚的心结；高贵与低贱，成功与失败竟是追逐名利者丧失自我的感受。所谓的时髦和做派皆如过眼烟云，云舒云卷，云聚云散，风过后，天还是晴朗的天。

曾有一位信风水的朋友站在我的窗前说，小河在右边好，烟囱在左边也好，左边出右边进，流金淌银。我笑着对他说："你是我的朋友，又站在我的面前，所以才这样说，是个好好先生。"其实清水弯弯在哪儿都好，烟囱冒烟在哪儿都不好。

幸运得是，北京奥运的号角一响，彻底终结了北京城里高矗烟囱的使命。曾经，高耸林立的烟囱是城市发达文明的象征。那时的工业化城市是何等热闹！

叽叽喳喳的喜鹊来了，它们是我窗外的不速之客，是离我窗外最近又最远的灵性小动物。清晨，只要我晏起一会儿，它就在窗外的天空中飞，就落在窗外的栏槛上叫，欢声鹊起，直至我起床。好像在践诺儿时的盟约，守信又热情。有时它们似秋千荡起，砉然落在我窗外的横梁上，放下衔着的枝丫，翕动着黑色的尖喙，探头看着我。"呵！你们是到这里来歇脚？还是正在忙着搭建爱巢，迎接生命的诞生？"

我注视着它们黑白相间的羽毛，犹如五朵白云，更像五朵梅花。呵，古人画喜鹊登梅，真是有创意，闻其声观其舞，真的喜上眉头！是窗外的天气好，还是人的心情好呢？

圣地行

一

延安被称为中国革命的圣地，也是我们这一代人心中的圣地。我和云霞都生在新社会，都是唱着红歌长大的一代，又经历了上山下乡，所以对圣地延安的向往不亚于对北京及天安门的热爱。2011 年 7 月 28 日，太阳当空，在游人蜂拥而至的时候，我们终于站在了延河岸边。

面对太阳，站在延河桥上，最让我感慨并让我憧憬的是左边仰望的宝塔山，这是我们这代人一辈子的记忆和梦想。“几回回梦里回延安，双手搂定宝塔山……”我们不是回来了，是终于看到了，和梦中的想象是一样的，和记忆里诗文的描写是一样的。导游说不上宝塔山，它不在旅游的日程内，不仅是我们这个旅行团不上，其他旅行团都没有这个项目。她解释说，宝塔山远看近看都一样，上山还要花六十元买门票。现在看到的宝塔有一点歪斜，那是1988年那场洪灾所致，不说或没有比较看不出来。山高路陡，车上不去，为了保护宝塔山和宝塔，没有旅游团集体上去的，但个人可以上去的。听导游这么一说，所有人都拥到桥上拍照，我也在河岸边拍了几张有山、有塔、有桥的照片，但我更想上宝塔山。

我和云霞没有像其他人那样选好位置，摆弄姿势拍照留影，而是抓紧导游限定的三十分钟自由活动的时间走一走、看一看。我看到在我们的右边与宝塔山遥遥相对的就是延安城，高楼林立，繁荣昌盛。这不是山城，山只是它的背景与陪衬，这是一座建在高原平川上的现代化城市。宝塔山就是它的过去，这样的天然地貌和创造者们承前启后继往开来的设计构建真是美妙绝伦。呈现在我们面前的是一幅有山、有水、有塔、有楼的真情实景的画面，一边是历史的沧桑、信念和仰望，一边是现实的繁华、快乐和喧闹。延河桥就像一道人间彩虹，把历史和未来，理想与现实连接了起来，融合在一起。

在历史的塔山窑洞和现代化的城市高楼之间还隔了一条河，就是有名的延河，它还是不是曾经的样子我不知道，但它是流动的。从遥远的高山流来，又流到遥远的大海；它是循环的，满世界天上地下地循环往复；它的欢快和潺潺源源，让城市流动活跃起来，有了既动亦静、天人合一的品质。塔山永固，河水长流，精神光大，这就是天时地利人和的圣地延安。睹物思人，风云翻飞，游览者情意涌动、思绪绵绵。水长流，光阴短，恍如昨。

延安的历史，就在左边的山上，从宝塔山一路向下走，杨家岭、王家坪、枣园，这些曾和革命与红色中国相联系的景物，历历在目，神圣就在身边，而且保存完好，质朴整洁。只要看那么一眼，就如同我们曾经在书上看到的那样，风雨岁月、战火硝烟就在眼前浮动。摸一摸窑洞的墙壁，就会有真切的体验和感受，历史绝不是书上写出来的，而是带着沉甸甸的厚土和人烟气息。

寻觅精神，少不了要看延安城。我们要敢于破坏一个旧世界，我们也要敢于建设一个新世界。这里有新旧世界的对比，有昨天和今天两道风景。这里是精神的圣地，也是现实的乐园，不来就不知道什么是昨天和今天。

我忽然发觉，跟着旅行团走，带着观景和到此一游的心态来，只能是山转水转人也转的不亦乐乎。“锦城虽云乐，不如早还家。”这里不是观景抒怀、吟风弄月的地方。

第一天我们跟着旅行团走，只用了大半天的时间就把延安的人文景观、历史文物、革命旧址走马观花地看了个遍。瞻仰窑洞的人太多、太集中了，都赶在了上午，人们比肩接踵，簇拥在一弯一弯的山道里，从一个窑洞里钻出又钻入另一个窑洞里。瞻仰并不收费，但请讲解员要花钱，收费金额随着人数递增。我按照人数平均了一下，每人不少于十元。好像都在赶时间、赶任务。想看就顾不上听，想听就顾不上看。

年轻貌美的女讲解员们，衣着是当年工农红军的打扮，八角帽，红领章，扎腰带，打绑腿，活脱脱的现代版红色娘子军。再看那帽子下沿透露出来或黄或红被烫染的发丝，那描眉涂唇冷峻淡漠的俊脸，以及耳戴的微型麦克风，腰别的黑色方块扩音器，船形楔子口黑亮皮鞋，怎么看也不像红军女战士。是啊，她们只是装扮一下，她们当不了红军战士，也不想当女战士。

讲解如清泉流水，行步如风车飞转，我和云霞挤在人群里，几乎用小跑的步子才可跟上，一路上只听到讲解员断断续续的声音。几个山坳转下来，头晕人乏，脑子一片空白，好像什么也没看到，什么也没记住。

第二天我们离开了旅行团，决定留在延安住两天。我们特地选择一个下午，又去了一次枣园、杨家岭，又瞻仰了一次革命前辈们曾住过的窑洞。像小学生那样无拘无束，像哲学家那样面壁思考，像恋人那样依依不舍。我们把一个个窑洞都细看了，这些窑洞保护得真好，就像刚刚有人住过。

曾有人说，延安就那么回事，看了不如不看。我承认这是一部分人的体验，如果跟着旅行社，甡甡尾随，游山玩水，把圣地当胜景看，把历史和现实孤立分开看，可能是看了不如不看，来了不如不来。但要是满怀崇敬和理想，寻觅，追求，带着历史和社会发展的观念缅怀延安精神，结合现代风俗人情，高山松塔，平川细流，从先辈们大志风采中看到今人的平凡和多元个性，那肯定情溢意满，感受良多。

我和云霞单独上了宝塔山，山上人很少，肃静冷清，让人心怀坦荡、超凡脱俗。可以仰头放缓脚步走，可以弯腰低头一步一个台阶上，可以什么都看，也可以什么都不看；偶尔看见山顶塔尖，无需争先恐后给自己鼓劲；累了驻足俯瞰川河大地，方知天高地迥人既伟大又渺小。

站在宝塔山上看延安城，像一个“川”字写在大地上，四面山峦围绕着延河水，高楼和市区都建在延河两岸。城市道路也是绕着延河转，一条干线傍山沿河从宝塔山下一路连着王家坪、杨家岭、枣园远去，直接通向市外，这是延安连接外省市的主要路线。想当年，就是这条用骡子和马车走出的道路，走来了千万仁人志士和热血青年，又走出了千万革命者、无产者和英勇战士；今天，它已经是高速公路了，来来往往的车辆像南飞北翔的大雁。

看到宝塔，我很想上去，但找不到售票的地方，只看到在进塔的门口斜倒着一个牌子，上面写着："登塔每人十元。"牌子很旧，字迹漫漶不清。绕塔转了一圈，也没找到卖门票的地方，只好自顾自往上爬。塔里可容身的地方实在有限，转式梯子仅容一人上下，如果人上下时相向相遇就没法转身，而且越往上梯子越窄。爬到一半，我忽生恐惧：这是没人管理的塔，无序登塔害人及己。我对云霞说，不要上了。话音未落，她就一溜烟跑得不见背影。大概是她早已害怕，只不过之前有我在前面撑着，听我说不要上了，绷紧的弦一松，如拽紧的皮筋弹出，把一片死寂和惊恐反弹在我身上，我连喊几声"云"，都似风吹云走一样毫无回应。

走出塔来转到另一边的树荫处，才看到有一小屋，里面坐着两个工作人员在聊天，像是售票的地方。这时便后悔之前的粗心和匆忙，知道即便人在圣地也会犯错误。

从宝塔山上下来，计划去杨家岭，单独打车打不到，只能顺路拼车。问一位在山下站点等车的年轻女子，去杨家岭怎么坐车？那女子说得也轻巧，“就在这里等。”说完不久就有一辆中巴车来了，那位女子身轻似燕地飘了上去。我也兴致勃勃地朝车上冲，忽然感觉有人用一种恨恨的眼神正盯着我。我忙止步问：“去杨家岭，可以吗？”盯我的人是司机，面黑，身壮，头发蓬乱，横眉瞪眼朝我大喊。我压根儿听不懂他浓重的陕北方言都喊了什么，但看他很不友好的怒容，便猜想是什么地方得罪了他，惹他不高兴了。

我忙收住了上车的脚步，只好再问一声：“我去杨家岭，你说什么？”云霞也只好无可奈何地站在我的身后不动。这位老陕司机大概是放羊的出身——吆喝惯了，不会礼貌待客，嗓门更大了，扭着脖子又僵又硬像要上场的斗士。这回我听懂了他的吼叫，“你识得字吗？”我看看车身和车窗上，哪里有字？想起来了，赶忙跑到车头前去看风挡后面的一个小长牌，上写：“延安——吴起镇。”

我明白了，这是一趟跑短途的私家客车，不是市内公交车。我向他招招手，示意对不起。他的车开动了，很快从我身旁驰过。我看他回了两次头仍豹眼横瞪，嘴里还在叽里咕噜，大概是说不文明的话。今日开车的与当年放羊的真的不可同日而语。

我们参观了延安革命纪念馆，好似亲历了战火的洗礼，心情久久不能平静。展览的场面宏伟壮阔，内容丰富翔实，思想深邃精辟，意义现实久远。有景、有图、有实物的展览，把中国共产党在延安的多年革命斗争史实展现得形象逼真，如身临其境。每一位瞻仰的人都能感受到，革命的胜利与党和领袖们的伟大、正确的领导分不开，也与党所领导的军队和人民不屈不挠的艰苦斗争分不开。

我边看边想延安精神的本质。延安精神是艰苦朴素、自力更生、谦虚谨慎、戒骄戒躁、勇于奉献、不怕牺牲、团结友爱及全心全意为人民等。最为核心的还是与民同心。一切为人民，一切来源于人民。

这是最好的展览。展馆外是革命的故地，展馆内再现革命和战争的人物、场景，让人热血沸腾。“先生，这边看看吧。”“先生，买件纪念品吧”。我还沉浸在历史的云烟烽火中，却被导购小姐的声声呼唤回过神来。噢，现实世界充满繁荣和竞争。

与展厅相连的是一个品类齐全的大商场，楼下还设了精品特优纪念品专卖店，凭参观券每人准购一物，八折优惠，其实多购也可以。都是金银玉石，名人字画，古玩器皿，高仿古瓷、古董，等等。我感觉这些商品离展览太近，让人压抑，我知道这样的展卖在其他城市及景区也有，但在此时此地，逃避的人还是很多。我匆匆朝前走，其实我是想有所纪念的，只是不想由别人来告诉我该怎样做。

我无法相信法国当代历史学家比尔·诺哈曾说过的话会成为现实。他说："随着消费时代的到来，一场以发展为指归的现代宏大叙述正在登场，于是这样的现代化的大叙述，必然要抹杀革命的记忆。"展览和瞻仰正是为了时刻牢记，纪念品自然也是一种缅怀和宣传的方式。只是导购小姐们的殷殷劝导，太过专情和用心，反而让人多了一份戒心。

我和云霞终于各选了一个纪念品。我为未来的孙子买了一个手摇的拨浪鼓，是延安安塞集团生产的腰鼓系列品之一，传统手工工艺。鼓上两面印着一个穿着红肚兜的光体陕北娃，头扎两个红绳发辫的丱，脸颊涂成红蛋蛋，一蹦一跳，奓着两胳膊，伸着两手，学着大人扭秧歌的样儿，天真无邪，夸张烂漫。云霞买了一个金镶玉的挂坠儿，玉环上印着毛主席的像，她说是送给儿子袁原挂在车上用，可防止开车打瞌睡，吉祥保平安。

我自然是很中意我的拨浪鼓，不远万里将它带到美国，作为刚出生的孙子的见面礼，既是逗他乐的玩具，又代表着一代人的喜好和文化观念。它的来历神圣又有意义，中国小朋友在一堆外国小朋友中手拿拨浪鼓，多么神气自豪。

中午在宾馆午休时我做了一个梦，梦到小孙子出世了，会下地走路了，手摇拨浪鼓，一晃一晃地走，鼓声"咚""咚"地响。我怕他跌了，在他的后面不停地喊："文天！文天！"文天身子一歪，跌倒了，我一惊，梦散人醒。

这时候手机响了，儿子告诉我，他儿子出生了。在我梦到孙子的那个时刻，大概正是孙子出世的时间。我和云霞开玩笑说，圣地的鼓声就是灵验，在延安摇一摇，在美国巴尔的摩的孙子就在腹中按捺不住，闻鼓而舞，提前来到了这个躁动的世界。云霞反而无心开这些玩笑，心早已飞到了美国，乐得合不拢的嘴还在自言自语。儿子怎么这么急挂了电话，我还有话要说呢！

记得我们还在小学三年级的时候，看到比我们大的学生们去延安，真的好羡慕、好向往。在我们的心中，延安塔又高又大。读高中时，我们时刻准备着上山下乡，一遍又一遍地朗诵《理想之歌》。北京知青下乡到延安，那是我们一代人的偶像，那一行行阶梯式的诗句，像大雁在飞，如一颗心在跳。

红日
　白雪
　　蓝天
……
乘东风
　飞来报春的群雁，
　　从太阳升起的北京起程，
　　　飞翔到宝塔山头，
　　　　落脚到延河两岸
……

时间荏苒，没想到四十年之后，在我们快做爷爷、奶奶的时候，终于从北京来到了宝塔山下，来圆少年梦，来觅少年心。江山代有才人出，革命自有后来人，我们好似经历了从平凡到神圣，又回到了平凡。我怀着不舍的心情打开舷窗再看一眼宝塔山和延河水，默默道一声“别了——延安！”再见，美好的延安机场！

二

早晨，我们五点半起床，没顾上吃早饭，六点就出门离开了宾馆。虽然回北京是九点的飞机，但机场我们不熟悉，更怕出租车不好打。结果一切比预想的要好，刚出宾馆就来了一辆空车，司机也没问我们去哪儿，就让我们上了车。我和云霞很高兴，这是在延安第一次坐上专用的出租车。但没高兴多久，途中还是停车拼上了一老一少两人，是老人送小孩去学校的。我们反成了中途下车的人，被司机丢在了路边。

时间正好是七点，我们两人一人提一个背包犹犹豫豫走进了一个敞门的大院落。整个院落冷冷清清，大厅的门是锁的，机坪上没有一架飞机。我们在候机楼外等了一会儿，不见动静，以为这不是机场，或是今天停飞了。问了一位扫地的老人才知道，大厅八点开门，工作人员八点半上班。老人说，九点的飞机，能在十一点起飞就不错了，这里一天就一两次航班，没有准时的。我们一听慌了，赶忙问什么地方能买到吃的？“机场没有卖吃的，机场外都是马路和田地，哪有饭店？只有坐车到市里。”老人扫了扫我们身边地上的纸屑和树叶说。我问：“大厅里有小卖部吗？”“没有！整天也没有多少人，小卖部的东西卖给谁呀！”老人说着就扫到别处去了。

我想了想对云霞说，我们不可能再回到市里，但我能搞到吃的，有一个办法可以一试。她怀疑又好奇地问：“什么办法？”我故作神秘地说道：“你跟我来。”拖着小皮箱在前面带路，沿着铺满方砖的人行道向西边一处平房走去。

延安机场不大，就一座航天楼是机场的标志和服务营业场所，大楼的正面是迎向客人的一个无门敞开的大院，有停车场、花坛、环岛、供旅客上下车的平台和甬道。大楼的另一面是偌大的空无障碍的飞机坪，机坪的远处可见连绵的山峦，山峦附近有朵朵白云。

院子的西面还有一个小院，小院被横竖两排的老式基建平房围起来。我向西边的小院走去，云霞不知我要干什么，也不问，只默默地紧跟着走。小机场的好处就是一目了然，可以到处随便走走看看，既没有栅栏也没人防贼似的防着，也没有“机场重地，闲人免进”之类的警示标语。到了小院之后，她明白了我为什么带她来到这里，这里原来是机场人员的宿舍和食堂。

但她又犹豫起来，机场的食堂怎么可能接待旅客？人家都是用饭票或划卡的，又不对外营业。她有些不好意思和不情愿，认为我们这样有点像行乞，自毁尊容。

我劝她，没关系，他们卖就买，不卖就算了，我们俩就算体验一下生活。最好的形象在人的内心里，别怕！

孔子曰："饮食男女，人之大欲存焉。"告子也说："食色，性也。仁，内也，非外也。义，外也，非内也。"人遇到艰难困苦的时候最能看出人性的最为真实本质的一面，体验一下被冷眼或被另眼相看的感受，是不错的收获。

这时从食堂里走出一个人来，手里拿着一个蓝色的搪瓷盆，穿一身民航制服，与我们擦肩而过。突然他又转回身问我们："有事吗？"我实话实说："我们不知道机场有没有卖吃的地方，想在食堂买点早饭，不知行不行？"他毫不犹豫地说："应该可以，但要等员工们吃得差不多时才可以卖给你们。一般早餐会多余一点，不会太多，就你们两人，不会有问题。"我又问道："你们都自带餐具，食堂有餐盒吗？"他说："有公用的餐具，你们请等一会儿。"说着，他又进了食堂，过了一会儿，他出来了，仍是那副温尔和气的样子。他说："和食堂的师傅说好了，你们到餐厅里面找个位子坐坐休息一会儿，到时候有师傅会叫你们。"他说完就走了。

我和云霞走进餐厅一看，餐厅不大，有十几张长方形的餐桌，排得很整齐，已坐满了人。吃饭的人有说有笑，吃得都是一样的花卷、油饼、馒头、稀饭。像这样热闹一体如同连队战士一样在一起吃饭，我已经好久没有体验过了。这样的场面，让人亲切温暖，有大家庭的感觉。据说只有一些城市的国家机关、国有大型企业还保留了这样的公共食堂，但都是只对内不对外，就餐都是划卡或免费。

我和云霞显得很另类，是特殊的唯一不带餐具却带着行李箱来公共食堂就餐的人，我们选了一张靠最后面的圆桌坐下。一排排方桌在餐厅的前半部分，靠后一排是四张空荡荡的大圆桌，冷寂寂的像四个大句号。我们进来时，引起了少数几个人的注意，也仅是被瞅了一眼，很快就没人理睬了。自我们进来之后都是吃了就走的人，再没有人走进食堂。每个人吃好后都到一个有一排水龙头的水池处洗刷碗筷，有的人把洗好的餐具放到墙角的壁柜方格里，有的直接带着餐具走了。

等到餐厅里只剩下十几个人在吃饭时，卖饭的师傅在隔着玻璃的厨房里向我们招手。他给了我和云霞每人一个不锈钢餐盘，餐盘的小格子里有一个鸡蛋一个油饼一个花卷和炒好的包心菜、蒜苗、胡萝卜等。他还给了我们每人一双筷子、一个白瓷蓝边大碗。师傅说："稀饭和鸡蛋汤在那边的桶里，吃多少自己盛，每人一份按员工价收两元五角，两人共五元。”

这是我们这次旅行吃得最好、最便宜的早餐，也是好多年以来在外吃到的最为愉快、最为幸福的一顿饭。不光是因为早餐丰富、便宜、卫生，也不全是在我们饥不择食时有人雪中送炭伸出了援助之手，而是因为我们已经好久没有享受这种公平的不以营利为目的的服务了。

我们在商业叫卖和社会竞争的喧嚣声中，已经把原本细柔、本真、善良的情感磨砺得粗糙、迟疑、枯槁起来，一旦感受到那么一点点的春风细雨，那么一丝丝真诚与微笑，便会涸泉喷涌、静海起浪，真情复活，化小爱为大爱、见小美为大美。

我们是真正作为客人享受了一次与员工一样的公共平等的服务，没有一点的矫情与作秀，没有丝毫的矜持与勉强，这个食堂把一次平平常常的服务做得善解人意，在始终陌生的面孔上留下和蔼与温暖。在现在的熟人社会和充满信任危机的时代，这样的特殊服务发生在不寻常的机场，自然更让我们幸福与意外。精神所在，圣地精神在平凡中，人皆可以为尧舜，人皆有旧习俗事。

三

果然像那位扫地的大爷所说，飞机直到十一点多钟才从连绵山峦那边的云层中飞了过来。大部分候机的人既有些骚动又有些喜悦。当然，我和云霞则暗地庆幸，要不是有早晨那顿美好的早餐垫底，要不是对这里的工作人员满怀好感，他们的服务令我俩称心如意，我们大概比这些候机的人还要着急、兴奋。

《国语·敬姜论劳逸》中说：“夫民劳则思，思则善心生。逸则淫，淫则忘善，忘善则恶心生。沃土之民不材，淫也。瘠土之民莫不向义，劳也。”莫非是延安机场太为冷清不够红火才使人保持了静心本性，莫非是空姐们自以为青春美貌有资本，所以才昂首阔步模铸成同一张刻板的职业化面容？还是如《小窗幽记》中所言：“事穷势蹙之人，当原其初心。”一切皆是我们自身和文化的优劣所致，所谓“盈虚有数，命运天定”。神圣已从高山走来，圣地已不仅是某一个地方，而是在人们日常的精神面貌中。正像我坐在飞机上看延安城一样，飞得越高，世界也会变得越小；像看星星一样，我们只看到明亮的一点。

中国革命从全国走向延安，又从延安走向世界，始于饥寒，终于艰辛，不畏艰难，勇往直前，是为了人民有饭吃，但又不仅仅是为了人民有吃饭，而是为了开创一个全新的站起来的被称为人民的时代，人民当家做主的时代。

"一个人能力有大小，但只要有这点精神，就是一个高尚的人，一个纯粹的人，一个有道德的人，一个脱离了低级趣味的人，一个有益于人民的人。"这样的精神我们一辈子也忘不了。

我对云霞说，对于圣地之行我有三点体会，上塔山让人沉心静气而怀古知今；进窑洞让人返璞归真而不忘初心；看展览让人精神焕发而人皆尧舜。云霞笑话我："就你会体会。"

一路思索，直到飞机平稳降落在北京机场，时间正是下午两点二十分。

都江堰水清又长

都江堰水流淌了两千多年。在 2008 年 5 月 12 日的四川省汶川地震中，它保持了其特有的镇定和优美，一如既往地流向田野、城市，流向地震灾区，流向每一位受灾和救灾人的心田。

这是一渠清甜的水。它从高山走来，经历过天灾人祸的考验和磨炼，经历了大江大河、大浪淘沙的洗礼，经历了飞沙堰、溢洪道的科技检验和冲波逆折。它犹如甘露玉琼，犹如圣洁的母乳，哺育了一代代华夏儿女，哺育了祖祖辈辈的黎民百姓。

这是一泓美丽的水。它的美是来自自然的美，也是来自科学的美。从它诞生的那一天开始，它就经年奔走、昼夜流淌，从不歇息，从不懈怠，始终默默地奉献。有人认为，都江堰的水里有太阳与冰雪的爱恋，有文化与科技的结晶，有自然与社会的温情。

无论是在大灾之中还是在大灾之后，都江堰的水始终在平静地流淌着，这是灾区人民真正的幸事，这也是铭刻在都江堰丰碑上的又一壮丽篇章。它不仅保证了灾区人民正常的用水，它还给予了灾区人民心灵的慰藉，给予了人民战胜灾害的勇气。

都江堰市里的医院和学校虽然倒了，都江堰边人们瞻仰的李冰父子的塑像和二王庙虽然倒了，青城山上的道观虽然也倒了，但流淌了两千多年长江水的都江堰没有倒，不仅没有倒，而且毫发未损，像一条巨龙一样守卫在岷山、岷江之畔。

这难道仅仅是发生在中华大地上的奇迹吗？其实这里面蕴藏着中华民族尊重自然的精神；凝聚着两千多年来炎黄子孙们治水治害的智慧和力量。

《史记》曾记载，都江堰建成，使成都平原“水旱从人，不知饥馑，时无荒年，天下谓之‘天府’也”。“问渠哪得清如许？为有源头活水来”，饮水思源，我们不能不想到都江堰的创建人李冰父子。

李冰，战国时期秦国的蜀郡守，执政理念是“为官一任，造福一方”，创建都江堰是为了“兴利除弊”的治水需要，不是为了自己的政绩需要；治水理念是“乘势利导，因地制宜”。作为封建制度时期的地方行政长官，李冰父子身先士卒、亲临工地一线和工程技术人员甚至是施工的农民研究技术创新，从而创造了“无坝引水”“宝瓶口引水”“鱼嘴分水”等一系列水利建设史上的神话，还建立了“深淘滩、低作堰”“岁必一修”“遇难弯截角，逢正抽心”等治水原则，至今仍为后人所坚持并惊叹不已。

我是带着百分之二百的敬仰之心，在地震的前一周，瞻仰了李冰父子的塑像和二王庙，观赏了都江堰的神采，同时，我想进一步考查论证出李冰的籍贯。因《史记》称其“籍贯不详”，所以至今世人都无法知道李冰的籍贯信息。这真是极大的遗憾！在我的家乡有李冰是安徽舒城人的说法和记载，所以我对李冰父子又多了许多的崇敬。

其实，后人真应该考查出李冰的籍贯，这对我们进一步研究李冰的伟大人格和思想是有帮助的。如果李冰是千里迢迢或是遭贬谪来到当时尚属荒蛮的蜀地，第一件关心的事是人民的疾苦和灾难，第一件要做的事是治水兴利、求田问舍，这是何等的高尚和伟大。李冰父子当时不会想到都江堰会成为伟大的工程，也不会想到都江堰会成为举世闻名的胜景。他们只想到：工程要为民服务、为民造福；工程要牢固不破、经久不坏；工程不能破坏自然、破坏环境。这些对我们现今灾后重建家园具有重要意义。

中国历史上像李冰父子那样为民兴修水利的官员是很多的。比较有名的是白居易修建的“西湖白堤”和苏东坡修建的“西湖苏堤”，因为他们都有一个“为民建造”的宗旨及“千年大计、质量第一”的追求，所以他们的“杰作”千百年来不仅一直有使用价值，还有世上无与伦比的观赏价值，更重要的是其具有思想和精神方面的价值。因此，每当我们满怀豪情欣赏祖国各地的人文景观的时候，我们真需要去了解其中的人，了解这些人的历史作用和价值，以及给予我们的教育。

“我住长江头，君住长江尾，日日思君不见君，共饮长江水。”不论是受灾的人，还是救灾的人，不论是心系灾区的人，还是奉献爱心的人，都是有了那“一江春水向东流”的思念，才使我们的心连着心。

美雨

雨，自然一景，旅美才知何为自然与现代的结合。我记下“春钓的喜悦，夏夜的星月，秋日的静谧，冬雪的温暖”。这些经历和感受，反映出人对自然和外物的态度。好雨知时节，旅途滋人心。

尼亚加拉

我们早起从八百千米外向尼亚加拉赶，一路尽是蓝天绿地，大地被森林、草地、庄稼覆盖着。树都从根部就生了枝杈，有的顺风顺势长成了旌旗形状。我们只能在行驶中看这一切，要尽早赶到尼亚加拉看大瀑布，看完瀑布再出境美国，入境加拿大，如果来得及，还想站在加拿大的尼亚加拉岸边看瀑布晚照。其实并没有人催促我们，是我们习惯性地匆忙。

尼亚加拉瀑布城是美国和加拿大的两个城市，两个国家分别给自己的城市起了一个相同的名字，两个国家又共有一条尼亚加拉瀑布和尼亚加拉河，河与瀑布的源头在广袤的美国大地，落根在加拿大的安大列湖，安大列湖是美加边境五大淡水湖之一。

大瀑布一衣带水，既是两个尼亚加拉城的界河，也是两个国家的国界。美国在河东，加拿大在河西。在河上架设了彩虹桥之后，两国人民不再演绎那种“我住长江头，君住长江尾，日日思君不见君，共饮长江水”的诗情别绪。两国人民的相互往来就如两岸人家的交往，徒步或骑车就过了自家门前的桥。居住在河东的，上班到河西；生活在河西的，购物到河东，往来的频繁和便捷已使他们不在意自己是哪国人。

尼亚加拉因大瀑布而出名。和世界上其他瀑布的不同之处是，尼亚加拉瀑布的主要特点之一是它不在大山里，它不是从悬崖落向悬崖，而是平地流瀑布，河水落峡谷，它流淌在脚下，又跌入更深的脚下。

我们已听到瀑布的声响，并且看到了它，却仍在寻找它。其实在我们出发的千里之外，在我们来的路上就早已见到大瀑布的身影。尽管我们匆匆忙忙又毫不在意它，但它的风姿、它的涵养、它的包容一直跟着我们，与我们同行。一直到了尼亚加拉这个地方，面对万丈深渊的峡谷，一向温文尔雅、不显不扬的尼亚加拉河，终于毫不迟疑地撩开面纱，抛撒衣衫，如天池横溢，美人出浴，展露出大气磅礴、热情奔放、光洁明亮的胴体。

“列缺霹雳，丘峦崩摧，洞天石扉，訇然中开。”大地被撕开了一个大口子，天未残，地崩陷。人止步了，不能也不敢再走了，小心又贪心地向下看，向脚下的地下裂谷里看，头晕脚虚，似有一种力量在前拽后推，多看一眼就要再多倒吸一口凉气。而那满满的、源源不断的瀑布流水欢畅而来，又一个筋斗翻了下去，直落万丈深渊。瀑布之水地上来，时与我而直下。没人敢直下，想都不敢想，只能看着水雾和浪花上天入地。河水瞬间从柔到刚，从平面到立体，从和顺到奔腾再到和顺，尽显其万方仪态，尽变其水之性能，乃势之使然也。

海鸥一会儿冲入天空的雾气中，一会儿又飞进瀑布的浪花里，真担心它会被瀑布冲成浪花。也有胆大的游客，为瀑布而激动，想体验那天浴的快乐，他们一律穿上绿色的雨衣，下到峡谷的底部，人小得像一堆甲壳虫，站在有栅栏的地方，离瀑布还远，身子没法靠近，也不再大呼小叫了，欲动不动地被飞溅的瀑雨淋着，让人看着既担心又好奇。

过了彩虹桥就是过美国和加拿大两国国境。我们开车到了桥的西头的加拿大入关处，关口貌若高速公路上的收费站，有许多出口，但不收费。车未熄火，人未离座，将护照递进窗口，边检官随意问了几句话，两分钟就放行了。窗外的天空映照着一道自然的彩虹，那是尼亚加拉河上极具特色的景象。峡谷上空水气弥漫，终日不绝，只要有太阳，就会有彩虹。彩虹横跨两岸，与彩虹桥并列，亦真亦幻，相映相照；彩虹桥又宽又长，桥身被涂成彩虹一样的颜色，桥高谷深，过桥人真如跨越了天上彩虹。

在加拿大看瀑布的人很少，可能来得太早了，还不到八点，除了几个晨练的老人，就剩下我们自己。正像一位游人说的那样："大瀑布就是你的。"我们可以在任何的位置，看到大瀑布的全貌，可以畅快地呼吸到尼亚加拉河岸湿润的空气，它能使人的全身毛孔都舒张开来。与美国那边不同，这边是正对着大瀑布，也是观看的正面，大瀑布展示了一个很大的舞台场景，演绎了一部历史的长剧，有始有终，循环无穷，充满哲理。

这是一条现实的长河，也是一条历史的长河，它已流淌了一万多年，永无停息。河流上呈现出三幅画面：第一幅是宽广流畅的河，它汇集了无数条小溪、支流，从远处矫健从容而来；第二幅是雄伟壮美的大瀑布，坦荡奔放，勇敢宽厚，用全部的热情和力量向世人弯腰低头；第三幅是一条缓缓的、包容的、深沉的河，向远处、向低下处流去。流水无央，情也遥远，越远越平缓越广阔越无边，直到和天连在一起。有点像人生的三部曲，有少年、壮年和老年，不同年龄段的人会有不同的人生状态和体悟。

我首先想起了《虞美人·听雨》："少年听雨歌楼上，红烛昏罗帐。壮年听雨客舟中，江阔云低，断雁叫西风。而今听雨僧庐下，鬓已星星也，悲欢离合总无情，一任阶前，点滴到天明。"又想起了王国维关于人生三个境界的宋词表述："昨夜西风凋碧树，独上高楼，望尽天涯路"；"衣带渐宽终不悔，为伊消得人憔悴"；"众里寻他千百度，蓦然回首，那人却在，灯火阑珊处。"多数人跟着这三个境界走，就像这瀑流，但却又少有人能像这瀑流一样把这三个境界都坚持到底，真正达到最终境界。

我边看边想，怎么将这"天下第一瀑布"的自我感受转告给国内的母亲和兄弟呢？情不自禁地吟出一首诗来，立马写到明信片上，用国际快递寄回国。其诗为《包容的尼亚加拉河》：

天是你的爹，地是你的娘，
你是风吹不散的云，你是一万两千年的光，
拥抱绿地和蓝天，流淌生命和希望。

美国是你的摇篮，加拿大是你的航向，

你走遍了五湖四海，你日夜为天地奔忙，
彩虹连接着理想，江河里永存绝唱。

和谐是你的美德，包容是你的力量，
你从脚下起步，你又飞入天堂，
站起来为了向下，躺下去更加源远流长。

大瀑布冻住了

在美国网站上我看到关于尼亚加拉大瀑布冻住的信息。《纽约时报》对此作了专题报道，网上还登了其冻住的照片。大瀑布像冰帘一样挂在空中，风吹雪打无动于衷；像宫殿的帷幔一样，轻纱曼妙定格于飞舞瞬间；像晶莹剔透的冰雕大展，鬼斧神工，仪态万千。流水不流，时光凝固，谁之魔力？自然也！——把一万年不息的瀑流叫停。

最近看过一部美国20世纪50年代拍的大片——《飞瀑欲潮》，主演是玛丽莲·梦露，影片的背景地就在尼亚加拉大瀑布。让我惊讶的是银幕上的景色竟与我2010年第一次看到的大瀑布相差无几，其街道、楼房、河岸都没有大的变化，瀑流和树，甚至连天空颜色都一模一样。让人产生错觉，是时光倒流，还是我们习惯了日新月异？我想看到大瀑布冻住的样子，更想看到它有没有变化的样子，于是我们毫不犹豫地驾车前往。

大瀑布横卧在冰雪天地里，疑是云层里流出的光芒；人立岸边，渺如黑豆；大瀑布小了，河岸宽广了；我们的方向感模糊了；大瀑布曾经热腾飞跃、雄伟流长的气势不见了。岸上的树无论大小一律杨柳状，披雪躬体偏向一方，像风雪丽人在阳光中舞蹈；像白衣战士在逆雪中疾行。

大瀑布在冻结与消融之间，河面上有冰雪、冰川和流水；峡谷里满是雪，有些地方积雪成峰，有些地方陷落成潭，浩浩汤汤“碧水东流至此回”不见了。大瀑布还在流，流得有些沉重，坚毅冷峻，流得缓慢而细长，没有了雄心也不再时尚激进。紧贴着瀑流的正面是一座与瀑布比肩齐高的冰峰，它像瀑流的恋人，欲回首亲吻瀑布；像一齐上阵的同胞兄弟，要阻遏挽住瀑流，它们同源异体、相携相助、对峙抗争。我盼着它们结为一体，把一种美丽凝固，又担心它们骤然分离——冰峰訇然落水，逝者如斯，光景依旧。

大瀑布冻住了，这是一个变的瞬间，是一种把“变”变为“不变”的美，是一种物体变为另一种物体的神奇，人类的科技没法有这样的力量做到这种神奇。对于流淌一万多年的大瀑布只是一个变的一瞬，对于冰峰和冻结不流的瀑布却是万年不可复制的不变永恒，人们记不住它万年的流逝，却记住了它一时半刻的瀑流不流。每一位看到的或没有看到的游客都记住了或想象着这短暂而不流的冰瀑布的美丽。

美景与心愿不同，各有各样，不可强求。我们可以幸运地看到瀑布冻住的景象或我们想要的结果，但我们的凡胎肉眼无法看到大瀑布冻结的渐变过程。人对外物的喜好与对物的追求一样更看重的是结果，结果美不美，在人不在物。

天太冷，游人很少，三三两两，天一会儿下雪一会儿出太阳，来的人无心看景，都在拍照，只有照片与视频才可留住过眼的瞬间，用冻麻木了的肢体和不清醒的神志摄下不带任何情感色彩的真景原貌。这样的真景画面可以启发人的灵感，使浑噩疲乏无所觉的神志清醒振奋，有了优雅不俗、超群脱凡的思想，这大概就是艺术的力量，这就是原生态触动了人的交感神经，产生了不可估量的精神力量。

其实，我们没有真正看到全冻住的大瀑布，我们去晚了一天，但我们看到了它欲流不流的状态与表情。世间美丽都是一个个瞬间的连接，是对抗与平衡的产物，在对抗中平衡，在平衡中对抗，如此反复，无时无刻不在变化。

一年 365 场雪

美国纽约州有个城市中文名字叫“雪城”，中文名字比本土英文名字叫得响亮。一年至少要下 365 场雪，四季雪飘，不知何为初雪。有在此居住十年以上的人说，唯没见过七月下雪，其他月份都见过雪。名至实归是其一，主要寓意甚美。

雪都是寒冷的，尤其是在雪城最低气温达到零下二三十摄氏度时，或暴雪数尺，或一日数场雪，真乃一个晶莹剔透银装素裹的世界，真乃“龟言此地之寒，鹤讶今年之雪”。

雪城人却认为，雪寒而不冷多而不腻，越下人心越暖。雪不知疲倦、不急不躁地下，人自是四平八稳、不紧不慢、有雪没雪一样地生活，即使夜雪暴降，冰溜盈檐，铲雪车照样昼夜不停地工作，大路小路照样干净如洗，家家户户照样及时甚至一日三扫门前雪而其乐融融。

路是生命之舟，也是心灵之翼，无论皑皑雪城或茫茫雪原，无论雪下得多么久，多么深厚，只要那些通畅清洁的道路如织如网地通向人们的眼前和脚下，温暖就如阳光一样流入心田，自在与淡定亦如互联网一样无处不在。

最冷的时候，也是最暖人心的时候。一月月初的一个深夜，我们一家人从中国到了雪城的家，一进屋就傻眼了，没有自来水，饥渴只能忍着，抽水马桶不能用。到了地下室，才知道是水管冻裂了，地下室成了地下水池。还好暖气炉还在工作，但每个人心里都有一股不知如何是好的寒冷，这一夜除了懵懂无知的孙子以外没人能睡着。天未亮，赶紧起来清除地下室的水，联系城管。值班人员说，十分钟内来人。来了一个工人，二话不说，就在零下二十多摄氏度的室外和数尺厚的雪地里寻觅水阀。他在开水闸阀前对我们说："关好室内的水闸阀，看看是室外还是室内漏水，如果是室外水管坏了，修理的费用由我们出，外面损坏的路面，等天暖和了我们来修。"我们自然知道是室内的毛病，立马联系了修水管的工人。半小时后工人来了，一刻钟修理完毕，还顺便检修了暖气炉、空调、地下排水泵。一夜无眠的忧愁顷刻间消除，人想象的恐惧总是超乎现实，实际的困难并没有想象的那么大、那么可怕。一切可怕的想象中的困难都是软弱无助者的精神梦魇。其实，最大的困难和恐惧源自人的内心。

事后知道，是我们夏季离家时预调地下室的温度时调低了度数，未料到今冬会有这场五十年未遇的雪寒。邻居发现我们家地下抽水泵在不停地工作，致使抽出来的水使公路路面结冰如滑冰场，于是报了警。工人们在室外冰雪地里刨开一块路面找到了水闸阀，才关停了水。其实，我们家的门没有锁，是忘了锁，但没有人认为要找房主或想法儿进到屋里。我们的损失很小，倒是城管们不厌其烦，小事不小。三月勘查，四月预算，五月工人们来了，浇沥青的车来了，轧路的车也来了，先铺路基，隔了几日再来浇路面，连陈年坏了的路面都一并修好了。一周后，又开来了一辆装满泥土的车，把草坪上的沟洼坑缺填平，还撒上了草籽。好就在这一切事都有人记挂和安排，有需要时就来了，一切皆有条不紊，让人意外惊喜不已。亦如雪城之雪，飘飘洒洒下着下着就感觉到它的温暖和情义。连覆盖在雪地里的草坪都生气勃勃，四季常青。

人与雪和谐相处，亦如主人对待客人，亦如老友迎接老友，没有热情和随意岂有宾至如归、高朋满座？瑞雪最喜欢飘落在温暖的地方，假如你真正看到了雪城的雪在一年四季的表现，你就信了。

雪城没有严格意义上的换季概念，偶尔甚至还是颠倒的。冬春之际最难分清：一样深雪覆地，一样雪白似粉，躺在上面松软如棉，不用拍打不会沾身；如同天然的清洁剂，下一场雪就把大地人间净化一次，一次次净化的人的灵魂都如雪如水。人们不记得哪一场雪有什么特别，不在意冬日的夜长或企盼寒冬腊月的天明，也不理会诗人雪莱的哲言："冬天已经来临，春天还会远吗？"

晚春和初夏的雪似乎有些变化，"时雪快晴""雪沐骄阳""雾松雪柳""千树梨花"都是值得观赏的雪景。雪是下一场少一场，最明显是天热一场就紧跟一场雪。雪像撕碎的云，乱纷纷急吼吼来不及起舞就成坨落地，或化为雨水；有时在阴晴交错中如杨花柳絮漫天飞舞，只见其影不见其踪；有时夹雪带雨匆匆而来又草草收场。尤其正晴日，雪过天青云破，相映草色无垠，真正不觉天上人间孰近孰远。

胡天八月即飞雪；窦娥冤深六月雪；冬雷阵阵，夏雨雪。这被认为是反常或异象。雪城的夏季亦热亦雪是常事，感到有些热时，倏地飘些雪来。没有狂风雷电冰雹，甚至没觉出明显征兆，想来就来了，像老朋友串门一样，不打招呼。热流中一股冷气穿过，身子热了沐浴几片雪，特别善解人意。运气好，还会看到雪映彩虹。彩虹在飞扬的雪间慢行，人走进雪间，以为彩虹就在身边。雪与彩虹缥缈而去，只觉是蓝天掉了一块云，日照云散一片雪；只如你喝了一杯冷饮，爽到了心肺里去。

于雪而言，就是想来该来就来了，随之秋来，天或冷或热，雪也像跑熟了路的邮差，一次比一次勤了，直到有一天纷纷扬扬以行代言地宣告，故地重游，要在这儿过一个轰轰烈烈的冬天。

雪城人是见识和习惯了这些雪的表现，不会对此表现出特别的忧喜或悲欢，这不是因习惯就无所谓，而是像亲戚和老朋友一样，像邻居一样，像雷电风雨空气一样，我照顾了你，你也自然顾及了我，彼此依存相安共处。

即使在千里冰封、万里雪飘的时候，除了开车上班人们照常很少出门，照常是有人一边遛狗一边散步，不见其始、不知其终的善跑者仍是身穿短裤独自跑着，雪地上几乎没有人的足迹，只有梅花鹿、野兔、狐狸、松鼠等动物的脚印，通向人间的幸福大道自然不是踏着雪印的路。

要是以为这么多的雪会使人变得过于冷静、缺乏激情、鲜有理想，那就大错特错了。雪城是出军人的地方，年轻人以尚武从军为荣，少年儿童常常会穿戎装、扎腰带、拉练野营，有点像我们那会儿全国学解放军的样。

一年 365 场雪，那是天地效应。雪成了人类的近邻，不是地太高，而是天太近，万里无碍，伸手就摸着了它。

这儿的秋天

这儿濒临大西洋，秋天的风，温而凉；海女儿的脾气，冷一阵，热一阵，慵慵散散，缱缱绻绻。十月天里，牛毛一样的细雨夹着鹅毛人的雪花。有人穿着单衣，也有人穿着短裤，他们不觉得冷吗？屋里早已供了暖气。

路依然像被风吹拂过的旧鞋，丢了油头滑面、尖巧光亮，走起来挺舒坦；落叶止不住地开始追逐自己的影子，一会儿这儿，一会儿那儿——吻着地，吻着草，直至安息于草坪上、树根下。

那些树简直成了陆地上的海，不知不觉红艳了一层，苍黄了一层，明亮了一层，叠叠嶂嶂，洇洇染染，一棵树一炬火，似迎接朝阳的潮，似留住晚照的霞。凡树皆多彩，只有那些枝叶繁茂、光照充裕的树，才能经受住风吹霜打，在秋季里绽放出最动人的本色，这是自然的妙处和神奇。

城市一心一意要逃避自然，又喜欢用自然来包装打扮。在夜间人们倒是更容易看到城市绰约的身影，隐隐约约地映在树幕上，明亮的灯犹如眨眼的橘子与苹果。

苹果还是自己采摘的更鲜甜可口。一辆辆老牛式的拖拉机拖拉着传统的平板车，像一列农家土火车，把人们带进一道蓝天，一道绿地，一道溜溜圆的天地里。“空山不见人，但闻人语响。”树上挂满了笑，露出诱人的香和媚。小朋友乐了，手拿三个苹果，吃一个就要掉一个，一脸无所谓地边走边吃边看。夏娃的爱情，牛顿的科学，乔布斯的梦幻，三个苹果改变了世界，好心情真的留在了摘苹果的时候。

这个季节的天已亮得很迟，七点多了仍不见太阳。天蓝得像一块染过的布，只剩下天边一片走了色的橘红，没有一丝的云；天不知高低，地不分南北，唯有“至精无形，至大不可围”的秋色。有两架喷气式飞机，像两枚银光闪闪的胸针拉链，徐徐地拉开那广阔穹隆的衣襟，用人类智慧去探索天宇的奥秘，然而，天空很快就回归平静。

街道、公路比较安静，车道一半行车一半停车，停的车始终多于行的车。小草越来越沉默，就是这些无地不生、无时不静、无处不低矮的植物，改善了土地与环境，进而也改变人的心态与习性。它们从不矜夸，也无叹息。那些刈草的工人最懂得和珍惜它们。

阳光下一位年老的黑人，推着割草机在草坪上一圈又一圈地转，从早到晚，一遍两遍，有时站在路边欣赏，有时伸手掐掉一两根长而杂的草。他不是在完成自己的工作，而是在创造自己的作品，在专心致志地发挥着想象力关照这些生命。割草机隆隆轰鸣，噪声很大，成为独有的秋声。

每一片草地上都仅有一人在忙碌，一个很小的点转着很大的圆，渐渐很广很美，甚至在万米高空都能看见那些广阔而多彩的方圆图形。

在一个港口公园，森林和海连在一起，广阔、幽静，明媚、氤氲，有原始的入画的情境。港口万帆千樯，舟横浪平；海面上秋水一线，杳无人迹；公园里只看见几辆轿车，有大路、草坪和森林。

我们面朝森林，背对大海，倏然林荫处有一条大黄狗带出了一位白人男子，迎面向我们跑来。男子主动要为我们照合影，狗直立站着，吐着红渍渍的长舌，盯着宝宝嗅。宝宝刚满三个月，还不知道狗与人的区别，怀着好奇心滴溜溜地望着狗。照相人把拴狗的绳子在手腕上绕了两道，拽紧着绳索很努力地为我们拍了照，想了想又拍了一张，然后原路返回去。喔，他是专为帮我们合影而来的。

又有人来公园遛狗，不知道狗是否要买门票？出门时才发现，朝九前晚五后不收门票。其实公园并没有门，自由的路很多，买票全凭自觉自愿，兀立在公路上的售票口只给人留下公园有人照看的印象。

公交车站是个敞亮的玻璃屋，三面用有机玻璃围着，顶上是一大块不锈钢弧形瓦盖。公交车站有两张座椅、一个灯、一张交通地图，却很少有人在此候车。偶尔也会看见一两个人坐在那看书，不急不躁。车来了，门“呼啦”一下打开，没人下车；看书人合上书，慢慢上车；车上人极少，两三人，如坐在航天飞船上，空荡得要飘。

公交车又来了，有一个人骑着自行车来，公交车车头前伸出一个四方形支架，自行车被固定在支架上，像车技表演，衔着自行车在烟雨中跑。

“万物无足以铙心者，故静也”，这儿的秋天真是静。

2011 年 11 月 7 日写于美国巴尔的摩市

感遇街头小事

行旅在美国街头，常被一些小事感动。因为这些小事都是我们能做到却想不到去做的事情。

有一天，我们开车去新泽西市区，正走在既不是路口也没有站台的路上，儿子忽然把车停了下来，问他为什么？他说："前面有学校的车。"此时，校车的左边倒车镜下方正慢慢地打开了一块像耳朵状的圆牌子，上面写着"stop"，这是一个禁止标志，它告示校车后面的所有车辆都必须停下来。所有停下的车辆一直等校车上的人上下完，那只"耳朵"又慢慢地自动关合后，才一辆接一辆地通过。面对校车如同面对一所学校，如同面对正在值勤的交警或执法的法官，如同面对知识与教育的神圣和尊严。但又好像不全是，因为那不仅是一种礼遇而更像是一种秩序，是人的习惯。在无声无利的尊敬中，物质奖励和等级差别都羞愧得无影无踪。儿子告诉我："这样的校车在中、小学里都有，上下车的人中有学生、老师，也有教授。"

又一天，我们正走在纽约的第五大道，准备去美国大都会博物馆看展览。忽见一群孩子串联成一线，像一群贸然出巢的雏燕，东张西望，蹒跚迤逦，从五十街向第五大道走来，意图要横穿大道，到一个比他们的幼儿园更需要去的地方。他们实在太小了，都只是三四岁正上幼儿园的孩子，所有的行人和行驶的车辆都一律停止为他们让道，为他们喝彩。不知道他们都看到了什么，都想些什么，好世界、好阳光正迎接着他们。他们给繁华的老街老市带来了勃勃早春的气息，生成灵动而活泼的景象。他们那好奇无畏的眼睛太忙了。他们的老师真是努力又从容。二十多个孩子只有两个老师，一前一后，前面一个带路，后面一个忙不停地拉扯着这个又牵着那个，不言而教，老师的高尚与平凡就在这一前一后的引领指导中。这么多、这么小的孩子过这么宽的马路还真是让人担心呢！

他们为什么能走得有条不紊？每只小手都能自觉地拉着？原来每个孩子的手上都有一根细线相牵，细线又与每个小孩的一只手腕上的橡皮圈相连，这样孩子们就牵连在一起了，你的手拉着我，我的手牵着你，又不影响孩子的好奇、顽皮或搞点小动作。这真是一个不小的发明，一个大胆的行为。我已经有 30 多年没有看到孩子们这样的集体外出了，这样的活动已超出了孩子们自身的能力……也可能要超出两位老师的能力极限。孩子们性本自然，能在自由自在的环境里成长，大人们的创新、努力和责任感是至关重要的！所有的路人和行车人对此都带着欣赏尊敬和关爱的态度，营造了这样的环境，也享受了这样的美好。

再一天，在华盛顿特区的火车站，我们刚走到一个公交汽车站台，车停了，门开了，人们不下也不上，只见车上有一块脚踏板自动从车门里翻盖过来，正好搭在车门外人行道的路牙上。此时有一位残疾人，缓慢而从容地手扶轮椅顺着铁板斜坡滑向人行道。他没有陪护，也没有帮手，他轻车熟路地“走”入了人群。之后，铁板又自动翻转向里盖在车内的踏板上，然后下车的人先下，上车的人后上。车门戛然关上，开走了，唯有我还愣在站台上。一件简单又寻常的事情，恍若发生于世外，恍若打开了我的心界，看到了心与心通达的桥梁，看到了爱与爱辉映的彩虹。周到细致，平淡坦然，不言不谢，大路朝天，那位残疾人自信自如，那些路人和乘车人自然自若，甚至可以说，除了我们几个外国人，都有些熟视无睹。朋友告诉我："我在德国也看到过同样的场景，但那块踏板不是自动的，而是靠人工搬上搬下的。"

小事如常，小事成景，已然成为制度，成为权利，成为义务，甚至成为习惯，约定俗成，蔚然成风。小事虽小，又非小事。

约翰·霍普金斯校园的路

美国的约翰·霍普金斯大学很有名，在全球400佳院校中排名为16，其医学及妇科医院堪称全美一流，曾有37位诺贝尔奖获得者和两位美国总统出自该校。这样的大学，却找不到一处像样的校门，只有敞向四面八方的路。大路朝天，不管你站在校园的任何路上都有一种走出无门之门、跨向世界的感觉。

校园的路皆成红色，全是人工用红砖铺就，每块砖仅有两张扑克牌的面积，块块铺得踏实讲究、一丝不苟；块块紧密结合，相依相靠，尽责尽力，虽久经风日暑寒、千踏万压，仍毫不动摇，赤心遍地。

路在高高的坡上，路也在陡陡的坎下；路在草地上画着方格和太阳；路在树林间蜿蜒缥缈，甚至渐走渐失于荒草荆棘丛中。有的路好像画在画上，映在地平线上，仅仅是为了给人看似的，唯有悠闲的鸟和机警的松鼠在路上逍遥自在。

这样的路看似简易平常，随形就势，该弯则弯，并非人为的金光大道，丘夷渊实。其实要用这么小的砖铺成结实的路，并不比盖几座辉煌的大厦容易。要有坚实的基础和一定的内功，而这些内力都埋在地上，只有用脚和心才能感受得到。路自己绝不会高耸和直立起来。

最宽的路仅可供两车交错而行，最窄的路仅能走一人，全被林荫绿茵掩盖，地上没有一块裸露的土地，也见不到一处水泥路。路不惊人，人无路忧，没有台阶，没有障碍，人人都可以平步自如地享受脚下的权利和快乐。每栋楼房的门口都专门设置了轮椅通道。

这样的路更有乡间特色，路横斜，楼掩映，幽静而空广。特别是雨天，路旁和路上的雨水要向路中间的排水沟中流，高坡路上的水要向低处的路下流，整个路面淙淙水响。行走其中，如过田间小溪低眉提腿，踮足跳跃，仍难免鞋湿衣透。倒是老师和同学们不慌不忙，短衣褐衫，穿着“人”字拖鞋，和平常一样，悠哉游哉，孑然徜徉，或吟啸徐行，尽显“一蓑烟雨任平生”的古风。

路上除有落叶和供人休息的靠椅外，坦道通途，别无他物。师生们安步当车，身背双肩包，像个长途旅行者，不倦始终。校园里几乎没有行驶的车辆，连自行车也很少见。除了上学和放学时，路上只有三三两两的人，没有喧嚷，没有牵手漫步与步履匆匆。沉默与思考、神采与光明都赋予了那些路和树。

路边的树也自有个性，是一棵又一棵地独立于草坪上，如遮天的大伞，也如思考的老人，斜倚于楼隅。每棵树都有模有样，有姿有色，年老的持重而苍翠；孙子辈的蓬勃而挺拔。秋风爽至，则如火如荼，远远看去，天染苍黄，地生霞云。无人坐于树下读书，也无人在林间徘徊；时而只有少数人在草坪上活动。树替路站立，路便有了历史和空间，悠远而不尽的路被烙上了年代和记忆的轨迹。

树叶是路的忠实伴侣，总是多情地投入路的怀抱，给路带来纷飞的梦想和春秋的衣衫，路便如森林幽径和人生旅途，充满空气、阳光和自由。落叶并不需要人扫，自有风吹雨打去；路也不需要人扫，净者自净，是那种自觉自愿的干净。

三闾大夫曾行吟泽畔，“路漫漫其修远兮，吾将上下而求索”。鲁迅先生也说过：“地上本没有路，走的人多了，也便成了路。”诚然，路是人走的，人同路，路同人，什么人走什么路，什么路上走什么人，每个人都将留下自己的脚印。看似走在同一条路上的人也会有截然不同的结果；看似殊途同归的人其行路的感受也各不相同。但人生不都是“你走你的阳关道，我走我的独木桥”，同样会在共同的道路中走出各自特色的路。路有千万条，适合自己的只有一条。承前启后，每个人的路其实很短，最长和最新的路终归属于后人。

2011年10月4日的下午，我正漫步在霍普金斯校园路上，有消息传来，该校物理系的教授亚当·里斯荣获了该年的物理学诺贝尔奖；另有一名校友获得了该年的诺贝尔化学奖。此时的校园正夕阳西照，无限静寂，秋色满园。学校向每位老师发了一封电子邮件，告知了这个全人类瞩目的喜讯。大道无形，大音希声，我好像离伟人和荣耀很近，又好像刚刚与获奖者擦肩而过，却始终没有寻见其一丝显露的形迹。

或许这才是真实而平淡的获奖者之旅；或许这才是真实而自然的校园之路。

美加之旅

——选自《旅美三十天》第一周

2010 年 8 月 1 日　周日　北京多云

今天就动身去美国，为此我们准备了好几个月。从四月就准备签证的材料，到五月才正式办好签证，后来又断断续续准备了一些其他事，可谓准备之充分，思考之长久。其实，像我们这一代人，对去美国并不报什么热切愿望，去也可，不去也罢。

2008 年我妻子云霞去美国看儿子，家中的亲戚和一些朋友都劝我一道去，妻儿也希望我去，我硬是没去。也没什么特别的原因，我当时其实在国内也没什么事，公司都停办了，也提前退休了，已是闲人。但我不想去，我不想在人们都把出国看作一种时尚的时候走出国门。

我是想独留一颗安静的心，与世俗保持一点距离。

这一次是在美国经历金融危机之后，在我们的经济发展势头强劲的时期，我愿意去美国了。当然我是去看看美国这个世界头号的老牌资本主义国家，它每在一个发展时期中就要经历一次危机，经济是周期性地萧条，这在我们30多年前中学的政治课本里就学到过，现在轮到我们亲眼所见了。处在危机和萧条之中的国家是什么样子？人民又是什么样子？我很想知道，很多年以前就想知道。这一次可真是个百年难逢的机会，我自然不想错过。

刚好儿子袁原在美国读了六年的书，今年他博士毕业，又在美国巴尔的摩市约翰·霍普金斯大学找到了教书的工作，儿子热切盼望我们去看一看，开始还想让我们去参加他的毕业典礼。所以，我这个一向懒得出门的人，这次终于主动想走出国门了。虽然没有像云霞当年那样计划住半年（实际住了三个月的时间），但一个月的旅行，又是第一次出国，应该足够了。

儿子在五月就给我们订好了机票，为了让我们走得方便一些，儿子特地决定和我、他妈妈三人一道走，一共订了三张票，都是高峰期的高价票。本来还有一个人要和我们一道走，是袁原的同学、朋友小佳。她想到美国旅游，袁原邀请了她。她在德国读研究生，放假迟了。

我们今天从北京飞，小佳八月八号一人从上海飞。我们在美国等着她，然后我们四人一道在美国旅行。这一切也是儿子在五月就安排好了的，儿子为我们这次美国之旅，可没少花精力费心思。

今天早晨儿子刚从老家回到北京，来不及吃早饭，就匆忙收拾东西，又提前吃了中饭（十一点就吃）。虽然准备了好几个月，临上阵还是匆忙，仍没有准备好，到了飞机上才发现我的驾驶本没有带。“智者千虑，必有一失”，我的驾驶本是要到美国用的。为此，儿子还专门将驾驶本翻译了一份英文材料，结果还是白忙活一场，到美国我是不能开车了。我们计划自己开车去加拿大，在美国西部租车自驾旅行，总计要在美国大地上驾车行程五六千千米。本想给儿子减轻点儿负担，体验一下在美国开车自由行的感觉，现在只有懊悔不已。

自从十二点坐上出发的面包车，直至机场，直至上飞机，我始终有一种异样的感觉，好像自己浑身不对劲儿，就好像自己变了一个人似的，脑子也不太好使。我跟在儿子和妻子后面，他们说排队就排队，他们说候机就候机。

到了飞机上我仍在想我是怎么了，看着我们乘坐的美国大陆航空公司的飞机，看着机舱里来来去去的美国空嫂，再看着身旁那么多的外国人，我猛然醒悟了，我这是出国综合征，是一种失落，是一种茫然。自从我在北京离开家门那一刻，我就开始空虚了，首先是我身上一无所有了。在中国有我须臾不离身的两样东西：一是身份证，二是钱包里的钱。现在都不在我身上了。我今天临行前很郑重地把它们从衣兜里拿出来存放在柜子里，这两样好东西，从今天起我要摆脱对它们的依赖及它们对我的束缚，它们无用了，我就自由了。

我当时还不放心地反复问了儿子好几遍："真的不要带它们了？"

儿子总是很干脆地回答我："一点用处都没有，带着是累赘，丢了是麻烦。要轻装上阵，不能吃、不能用的东西越少越好。"

然而，一出门我就不适应了，甚至后悔了，不论有用没用，证件和钱才是依靠啊！俗话说："人是英雄，钱是胆。"多少年了，这两样东西随我南征北战。走遍天下不能没有的两样宝贝，现在不在身边了，我孑然一身了，除了身穿的衣服，就一个标准的出国大箱子，似乎脑袋也空空然轻飘起来。此时我才真正领受了"孑然一身"的深意，有了一种不知道自己是谁的感觉。再看看大家都在说英语，再想想又是要到一个毫无印象的异国他乡，飞到我们地球的另一面，更是感觉自己完全成了一个新人。

我确实不可能像梭罗所说的那样："像古代哲学家一样，空手徒步出城，不用担什么心思。"而是带着满怀的新奇和疑惑，从熙熙攘攘的世界到另一个充满危机的世界。我也不是把东西都放下了就可以轻松出门的人。在飞机上，我竟像一个新生儿的样子，谁说话就看着谁，又完全不能凭感觉体会出说话人的意思，自己的人生体验和智慧都消逝了；又像是误入桃花源中的捕鱼人，开始尝试体验一种全新的生活。刚开始的不适应，使我对一个月的旅游生活，既抱有热切的期望又不免有些心理障碍。

从北京到美国的纽瓦克要飞十三个小时左右，因为起飞前在北京机场耽误了一个小时，所以我们总体在飞机上待了十四个小时。这个过程因为心理的作用反而使我精力充沛，没有丝毫的疲倦感，十四个小时基本没合眼。倒是对飞机的飞行路线很感兴趣，飞机一直向东飞，我们是下午两点半正式起飞，此时的太阳正在飞机的头顶上稍微偏西，太阳向西走，飞机向东飞，南辕北辙，背道而驰，我们是背着太阳而行。但从朝向东方的角度看，我们又是在迎着太阳飞，所以在我们的飞行过程中几乎没有黑夜，一直在阳光的照耀下迎着光明前进。

我每朝舷窗外看一次，就要兴奋一次，事物本身是辩证发展的，人的认识也随之变化。机舱里每个人的前一排座位的靠背上都有一个小电视屏，可以看美国大片，也可以随时看到飞行的路线、高度、地点、地貌、机外温度等，每个机舱内还挂了个大屏幕，专门报告飞行情况。飞机的飞行路线也特别，不是我们想象的一条直线从北京到纽约。看荧屏上的飞行线路，飞机正向北绕了一个大圈子，飞行的轨迹像美国人戴的钢盔，这时飞机正飞在蒙古国上空。

我更希望飞机走直线，飞在太平洋的上空，好看到太平洋是什么样子。但飞机没有按照我们的意愿飞，而是先向北飞，过我国的内蒙古，再过俄罗斯，到了北冰洋上空时再向东，飞到北美后又经加拿大上空向南到美国。仅从图像上看是绕了圈子，多飞了许多里程，但实际上地球是圆的，这样反而省了里程，所以世界上有许多事情真不能全相信自己的眼睛。

我们三个人是坐在一起的，位子订得早，位置也好，既靠前又有两个位子靠过道，但我们都没怎么睡，儿子经常坐飞机，飞来飞去习惯一些，大概睡了两个多小时；

云霞是想睡睡不着；我是不想睡。舷窗外也没什么看的，天倒是很蓝，看不见大海，越向北飞地下越白，像是冬天。我对外看了几次都差不多，除了白云就是白冰，就不想再看了。看了几部电影，想了想兴奋的事，美国就到了。

下了飞机，在美国的纽瓦克机场办理入境手续，很方便，就是人多，到美国来的人真不少，几乎都是亚裔。我们跟着儿子走，上楼下楼再穿过长长的过道，因为与儿子同行又跟着许多人走，不需要任何思考，一路顺畅。我只是时不时冒出一个莫名的问题，要是我自己一个人来还真不会这么七弯八拐，又怎么分辨出外国人和美国人的窗口？

入境进关的窗口很多，开了十多个，每个窗口都排了很长的队，每个窗口有一个移民官在办理入关审查，审查得很认真，有时为一个人要询问很长时间。机场内的管理人员很少，十多个长队只有一个黑人妇女在指挥，大厅里再也找不到其他工作人员。

儿子联系了一个熟人开车来接我们。儿子的这个熟人是中国老乡，儿子也是为了顺便照顾他的生意。他其实是在儿子他们学校打工的，兼开出租车。他人很热情，话不少，年龄和我差不多，主动告诉我他有两个孩子，大女儿大学毕业了非要回国内到上海找工作，还在上海找了男朋友，结婚了；儿子小，还在读大学。

他说，他到美国已经20多年了，“美国生活方便。但认为自己退休了还是想回国，回到老家过晚年生活最好，家乡有人气，老人在家乡不寂寞”。

我们出了机场，车上了高速，我看道路有点像我们20世纪90年代修的高速，就问司机，“这路可不怎么好，是什么时候修的？”

他说：“不记得是什么时候修的，我们来的时候就是这条路，现在还是这个样子，美国的公路几十年没什么变化。”

说着就到了儿子住的地方，将行李搬好，已是晚上九点多了，赶紧去一家中国人开的“上海饭店”吃饭。饭菜做得不是一般的不好，而是很差，怪不得儿子经常讲吃不到好中餐。百闻不如一见，见了不如亲口尝，尝了还不如不尝，真的很难吃，还不如国内普通的大排档饭菜，却不便宜，点了三个菜，一个鱼香肉丝，一个炒菜心，一个烧粉条，外加三碗饭，价钱是43.75美元，再加15%的服务费，儿子付了五十美元。

我感觉自己没吃饱，但又不想吃。饭店的环境和档次还不错。吃饭的人真不少，大多数吃饭的人和国内一样，边吃边说话，不像孔子说得那样：“食不言。”但声音都不大，不显吵，谁也不注意谁，谁也不干扰谁。外国人很多，没有一桌坐许多人的，多数只是两三个人在一起吃，只有一桌人最多，连小孩也就六七个人，也有喝酒的，但看不到那种吆五喝六的喝酒气氛。

饭后，我和儿子一道去了他学校的同学那儿，取了一些日常用的东西。到家已经快夜里十一点了，赶快给国内家人打电话，我试着用手机发短信，先给二弟发了“已到美国”，二弟立即回了。离着两万多千米，联系还真方便，我的感觉好像还停留在国内。

快三十个小时没合眼了，此时已有困意，于是快速洗澡上床，上床就睡着了，感到有点凉时醒了，看表，整两点。不是不想睡，是再也睡不着了。外面很静、很亮，以为天亮了，以为是明月，其实是路灯。四周没有一点人为的声响，倒是室内的挂钟在“嘀嗒、嘀嗒”地响，睡不着就感到响得刺耳、亮得刺眼。电子钟会有“嘀嗒”的响声，我是第一次知道，白天它如哑巴一样，深夜却听得让人心烦。静和闹，这回和倒时差人一样也乱了，时空变了人就颠倒了。

绕了一大圈，到了地球的另一边，身体虽然回不去了，感觉还停在原处，停在出发当天，细想已经是前天的事了。迷迷糊糊到了早晨五点，听到儿子在外面有响动，发现身边的妻子也早醒了。其实，她一夜几乎没睡着，只是她有个好习惯，睡不着也不翻身，不发出声响。

都睡不着还不如都起来，今天还有好多事情要做，尤其是儿子有很多事情要做。但最主要的任务还是倒时差，按照计划的安排，4 号一早我们就要去加拿大，到我的三弟曙涛家。他们全家 1997 年移民到加拿大多伦多，父母和二弟都去过。这次他一再邀请我们全家去，并早在 6 月就帮我们办理好了签证。所以，到加拿大也是我们此次旅美行程中的一项重要行程，4 号去，8 号回，8 号晚 6 点前要赶到纽瓦克机场接小佳。去曙涛家我们自己开车，有 1000 多千米的路程，时差要倒不过来，休息不好，那就很成问题。所以，我们三个人都在心里数着日子，今天是 2 号，还有两个晚上，有些担心，能休息好吗？

8 月 2 日　周一　新泽西，晴到多云

已是到美国的第二天了，说是第二天，实际上和第一天没什么区别。昨天我们到的太晚了，等于是夜里，加上一夜只睡了不到两个小时，一切都还停在飞机上，甚至还停留在中国。时间模糊了，感觉好像就是一早一晚的事，其实，北京的时间已是 8 月 3 号。对美国的认识要从适应时差开始。时间对人类很重要，时间会改变人的思维和习惯。

从北京走时是阴天，到新泽西已是多云夹带小雨，天气既配合也跟得很紧。从地球的纬度看，新泽西、纽约比北京稍向北一点，大概与沈阳市同纬度，所以气候差别不大。夜里要凉一些，但今年北京热，所以到美国感到气温更适宜些。特别是早晨起来，外面又湿润又安静，真像生活在交通便捷的乡村一样，过着城市里的田园和林区的生活。

早晨的树上就有“知了”叫，说明这里的季节和国内相同，正是夏暮初秋寒蝉凄切的时候，但在北京是不可能到处都听到知了叫的。这里知了的叫声没有国内的悦耳动听，打个比喻，国内的知了声如果是江南的越唱，那么美国的知了声就有点像我国北方的陕腔，有一嗓子但没喊出来，有“知”声却没“了”音。这里的知了是这样叫：“知——，知——知——”，显得短促接不上气，悦耳缭绕的“了——”没有了。一方水土养一方人，连同种动物的特性都有很大的不同，何况是人！

吃了早饭，我们一道出门购物，刚出门走到车旁，就发现儿子的车门上贴着一张罚款单。昨天我们回来太晚，当时没注意，将车停在了禁止停车的线内，其实只有半个车身在线里。路上往来的车辆很少，行人也少，更不用说警察了，不知什么时候被发现、被贴上的。

我问儿子怎么办，儿子说："没办法，只有认罚。"本来去加拿大之前事情就多，现在又意外被罚款，"真是忙中添乱，先上网查查，看看罚款怎么交？"

我对去超市购物早有兴趣，因为2008年云霞从美国回国后告诉我她在美国购物的一些情况，当时我就想一定要亲自在美国感受一下购物。记得她告诉我这样两件事："当时他们住在新泽西州立罗格斯大学校内，向东有一家中国超市，向西有一家美国超市。妻子他们更多的是去西边的美国超市，性价比更高。还有在中国超市买东西概不退换，而在美国超市无论你所购何物，只要保留小票，一律包退换。一次他们在美国超市买了一份牛肉，回家打开包装后，发现有一个小点颜色偏暗，但无异味，他们想好了理由去退换。服务员却说：'我的鼻子不灵，不用闻，你们说不好就不好，请放到回收箱，再挑一份吧。'妻子又犹豫了。服务员却态度坚决，劝说妻子：'在好与不好之间就得换。'又一次，儿子看到一则消息，说西边的美国超市搞优惠活动，凡购油者均可买一送一。妻子很自然地想到刚买的一壶油，遂说服儿子一道去试试。结果，服务员二话不说，让他们先退后买，他们去时是一壶油，回时却变为两壶油，而且一模一样。”

妻子的小聪明和好奇心得到满足，我却对美国超市的诚信服务留下半信半疑的印象。也是生活需要，到美国的第一件事自然是购物，“兵马未动，粮草先行”。后勤和物质保障是第一位的，从生活小事中更能看到社会的特点。

先去了中国超市，类似于中国购物广场一样的建筑，只有一层，但建得很好、很大。超市外面有很大的停车场，停车位很多，我们随便找个位置停下，再看看那些空位子，都是进出方便的好位置。看到儿子和他妈妈下车就兴冲冲地向大红门走去，一个去推购物车，一个去廊檐的架上取了一沓报纸，就知道他们是熟门熟路。我问云霞：“取这么多报纸干什么？”她说：“这些报纸都是免费赠送的，你多拿等于在帮助消费。多拿些报纸回去用处可大了，可以看新闻、看信息、垫桌子、包垃圾等。”我还真佩服他俩想得周到。

超市正如他俩介绍的一样，生活所需应有尽有，像国内的大型批发市场。但它干净、整洁，还有就是安静，一点杂音都没有。除了出口处有人收银，几乎看不到管理人员。我们也没发现电子摄像头。没人监督，没人推销，甚至找不到服务员。我推着空车转了好大一圈，发现购物的人不多，购物很自由，可以慢慢看、慢慢选。只是水果和蔬菜有的不太新鲜，既有包装好的，也有散卖的。

在排队付款的时候，我又发现，收款的工作人员都是女士，而且是四五十岁的妇女。由此我想起在飞机上也没有年轻的乘务员，空姐最大的已有五十多岁了，最年轻的恐怕也有三十多岁。我没有进一步地证实，仅此两处，我就感觉到美国重视大龄妇女的就业，而且好像也是针对妇女特征设立岗位的，比如，妇女多数是做轻松的工作或坐着的工作。

然后，我们又去了美国超市，美国超市更整洁，冷气更足。这里的工作人员要多一些，看到有些人在整理货物，是男性工作人员在做。我还看到了一个花店，却是一个黑人老爷爷在卖花。

我很好奇，站着看了一会，我分不清黑人的面貌特征，看他特别像“曼德拉”，在一所小屋子里正包扎着一束花。花很鲜艳，是红玫瑰，他给它们搭配几枝兰草叶和白色的“满天星”，配在一起层叠参差，火红素雅，再用淡绿色的包装纸包成喇叭形，外面系一根红丝带，很像那么回事。只是他的手不灵巧，包得慢，尤其是他那双黑手与像丝绸一样的红玫瑰比照在一起有些不协调，再看他满脸胡子的年纪，不敢相信他能干得那么细致认真。顾客可能是预订好了，没人催他，他自然是干得悠然自得的样子，那份逸情和专心比手中的花更吸引人。

超市里太冷了，我隐隐觉得肚子有点痛，忙对儿子和他妈妈说："你们在里面慢慢挑吧。太冷了，我得出去，我在外面等你们。"

与超市外的长门面连成直角的也是一排店铺，店铺有走廊，走廊上有靠背椅，也有长石条，都可供人坐着休息。店铺有卖比萨的，也有卖麦当劳的，还有卖小百货、小商品的。靠椅上已有一对老夫妇在休息，好像刚从超市出来，大包小裹放在椅子上。我看石条也干净，上面麻喇喇的，像是自然的原石，一点都没有加工过。外面还是有点热，我刚坐一小会儿，肚子就舒服了，但我也不想再进去了。看着超市进进出出的人，没有人不是开着车来的。从来人的表情看，他们开车来购物就如同十多年前国内人们骑自行车购物一样平常自然，车就是代步的工具，不是身份的象征，没有车好车次的差别。我也不认识那各色各款的车的品牌，但我看得出有的车很高档、很新、很漂亮，他们的主人却平平常常，我看不出其身份高贵和他们内心的自得。

这时候有一个老妇人推着购物车从超市里出来，她买的东西可真多，够她吃一阵子了。她几乎推不动车，走得很慢，趔趔趄趄的样子，如果不是推着车，我感觉她自己走不稳。她的车停在残疾人专用的泊车位上，就在门口。她没走多少路，出门就到了车旁。她把购买的东西一件件慢慢地放入后备箱里，有两件又从后备箱里拿出来，放回推车里。又推着车到左门旁，把那两件东西放到后座位上。她慢慢坐到驾驶的位子上，我想看她开车是什么样子，可她足足在车里坐了十分多钟也没发动车。车头是对外的，我看不见她的正面，不知道她是在休息还是在想问题，她车头两边的来往车辆原以为她要走，每次都等了好一会，才试探地开了过去。大约又过了十分钟，老妇人的车子才发动了，又过了一会儿车子才慢慢启动了。那是真正的慢起步，但很快车上了主道，其转弯以及并线都很利索。我这个有三十二年驾龄，又做过教练的老司机都看不出车是由连路都走不稳的老妇人在驾驶。

上午还有时间，我们又顺道去了儿子的学校。儿子回国离校快两个月了，他怕有一些信件寄到了系里，所以要赶去看看，如果有重要的事或急件就及时处理一下。其实儿子已经不能算是罗格斯大学的学生了，暑假结束后他在这个学校的博士学习就结束了，他的新学校在巴尔的摩市约翰·霍普金斯大学，他已经是那里的博士后，相当于国内的助教。但这里是儿子待了五年的地方，各方面都比较熟，所以我们这次旅行，还是以这里为落脚地。

儿子在离学校比较近的地方租了一居室的房子，计划我们从美国西部回来之后，再搬家到巴尔的摩去。那里离华盛顿比较近，霍普金斯大学也是世界著名的大学，曾有三十七名诺贝尔奖获得者出自该校。等袁原到校开了学，安好家，我们就回国。

回国还是从纽瓦克机场走，我们这次要总计四进四出新泽西。儿子说："以后他还要经常来新泽西，他的同学、老师、朋友、学校及对数学理念的建立都在这里，他之所以选择到霍普金斯，与方便和这里的联系都有关系。"我看得出儿子对新泽西有深深的感情，有一种不忍心离开的留恋，与之待了一年的印第安纳大学不同。印第安纳大学的孤独和艰苦虽能让他发奋和努力，儿子却很少再向我们提起那里。我们也一直想看看他在美国生活学习了五年的学校是什么样子，虽然没能到他的学校参加他的毕业典礼，现在看看也不迟。

学校已经放假了，人很少，几乎看不到两人以上在一起走路，学校是那种开放的布局，没有围墙，也没有大门，我们还开车在公路上跑的时候，儿子就说已经到了。他们的学校很大，有四个校区，今天来的地方只是其中的一个分校校区，是儿子经常上课的地方。这里的城市有点像大学城，大学在城市里，城市也围绕在大学中，你中有我，我中有你。城里的公路与校区相连，学校也有警察，到了学校也不能乱停车，防止被罚款。车停在一个很大的露天停车场，儿子说到他们的系里了。很大一片场地就盖着一栋楼，其他都是路、草坪和树，再远处的楼房也和儿子系里这栋楼相似，都远远地藏在树林里。人少的地方，大自然就显得很静，虽然知了还是那样只“知”——不“了”地叫，但没有人声的声音才最能让人宁静，有一种远离城市、远离纷争的宁静。

大楼是“丁”字直角形，六层高，老式外露墙砖，窗户和门都是那种又高又笨重的“苏式”构造，大门木质，双开推拉，又高又宽，门框中间装玻璃，用力轻了或力气小是推拉不动的；电梯和室内办公室的门都差不多，笨重、结实、牢固是最大的特点；楼已经很旧了，少说有五十年以上，但绝对的安全；楼内灯光通明，空调很凉，房高屋空。我们从一楼到五楼，走了好几个过道，只见到一个人，还是因为他办公室的门开着，儿子主动进去和他打了招呼。

儿子的办公室没有人，有四张办公桌，有两张桌子上比较整洁，有两张桌子上比较凌乱。“最乱的就是儿子的。”我如此说。儿子笑笑，果然一屁股坐在最乱的桌子上，把一张没有靠背的椅子让我坐。我说不坐了，有什么要整理的我帮你整一整，你有什么事也赶紧做。他到系里办公室去取信件，我用他桌上的电脑上网看了看国内股市，离开两天，涨势如虹。儿子回来手里拿了一纸盒的信件和材料，有点无奈地说：“不来还好，来了事情更多了。我们去加拿大前都不一定能做完。”我问什么事这么麻烦？他说又是补办信用卡又是税务罚单，信用卡要在明天寄来，因为我们出门要用，罚单是搞错了，已寄来半个多月了，要及时与相关部门联系，要他们改正过来。所以让我们赶快回去，下午的事更多。

午饭后我叫儿子睡一会儿再出去，他说，事多干不完，美国有的单位下午三点多就下班，等一觉睡醒，还办什么事？他掰着手指对我说，下午他要保养车、交罚款、联系信用卡还有税务部门。我说既然这么多事，那你快去吧。

我和云霞一觉睡到下午三点，怕白天睡多了晚上睡不着，云霞是不敢再睡了，起来了在那无事找事做，才下午三点就在择菜，准备做晚饭。我也不去管她，感觉头还是晕乎乎的，起来了也没法子静下来，想看书不行，想做点事也不行，干脆还是睡觉，不再去想晚上夜里怎么办。大约又睡了一个小时，至五点钟起床，脑子清醒多了。没过多久，儿子也回来了，他说事情都办得差不多了，车子也检查了，别人又介绍了一家汽车修理店。原来他经常去做保养维修的那家，全家出去旅游了。今天这一家也很好，看了看车说没有问题，不需要换什么部件，再开几千千米后再保养也可以的。

违章停车罚款的事也办完了，儿子给税务部门打了个电话，电话那边说下周二到法庭有个辩护调解问讯会，如果警察没能到场，罚款就取消了，如果被处罚人和警察都到场了，只要被处罚人将停车被罚的原因陈述清楚，五十元罚款可以减半。儿子说："我当时算了一下时间，周二我们正准备第二天去西部旅行，是没有时间到庭的，所以就认罚了，五十元罚款已从网上划付了。"多扣的税款也给税务部门说了，他们说，把工资明细寄给他们，他们会及时退税，明细下午已寄了，今天的事都已办完，明天再到超市买些路上吃的用的就行了。我对儿子说："今晚的主要任务是睡好觉，如果再睡不好，那后天去加拿大就是问题。尤其是你要想法睡好，一千多千米的路程，就你一个人开车，几天来，你才睡两三个小时的觉，这怎么行！”

8月3日　周二　新泽西，多云到晴

昨晚还是我睡得最好。我的原则是“起居无时，唯适之安”，想睡就睡。白天我睡得多，晚上睡前脑袋清醒，该做的事也做得好。不管是夜里十点还是十一点，正好想睡了，上床就睡着，虽然也是到凌晨三点就醒了，但脑子是清醒的。曾有一位医生告诉我：“人的睡眠好坏主要取决于睡眠的质量而不是数量，与时间长短关系不大。睡得香、睡得沉，四五个小时就够了，人最好的睡眠时间是在夜间十一点至凌晨三点，只要在这个时间段保持了深睡眠，睡眠就够了。有些人一夜都在睡，早晨起来头仍晕晕的，一副没睡好的样子，就是没有在规定的时间内，达到规定的睡眠效果。”我好笑他的“睡眠双规”的比喻，并深以为然。所以，我的睡眠比云霞好，她只睡了两个小时，白天还不敢多睡；儿子睡得更少，就睡了一个小时，白天还坚持不睡。

我告诉他们，你们太看重晚上的睡觉时间是不对的，要改改，要像我一样，想睡时就睡一会，不要硬性刻意地坚持白天不睡，依赖晚上。其实，中午睡几个小时并不影响晚上，也不影响时差的倒换。新泽西和北京正好相差十二个小时，这边中午的十二点正好是国内的深夜零点，所以如果在国内有午睡的习惯，正好在美国也坚持午休，还做到了医生说的“双规睡眠”。只不过倒时差可能会睡不醒，但坚持睡两三个小时比坚持不睡要好。

儿子和他妈妈看到了我的睡觉效果，基本上同意了我的意见。明后两天我们几乎都在路上奔跑，若我们不能保持头脑清醒，那会很不安全。尤其是袁原，他要开车，是我们的重点保护对象，我们睡不好也不能让他睡不好。所以，我们吃了早饭，就出门散步，想用这个办法散散心，出点体力，希望中午能好好睡个午觉。

开始我们只在儿子小区附近转，也分不清哪跟哪，小区都是三四层的楼房，没有高层，更不见塔楼，每栋之间都相距甚远。小区里的树比房子多，草坪比空地多，除了人行道和公路，都是草坪，有长在草坪里独立的大树，不成林不成行，皆分散长着，枝繁叶茂，荫翳蔽天。小松鼠在树上跑上跑下，有时跑到很高的树梢，让人脖子都望酸了，也找不见它藏哪去了。我想它的窝是在树上，几次看它把瓜皮往树上搬，但就是找不到它的巢穴。公路边上的树林又密又黑，我们也无法进得去，更无法看清里面的真面目，时而有一两只鹿在草坪上找吃的，我就认为是从这些树林里出来的。看着这么多的树，我感觉里面藏着许多秘密，不知道有没有蛇，或有没有其他伤人的动物。这个城市有点荒蛮。

想再多看看、多走走，再发现一些新奇的东西。我们散步的范围又扩大了些，离开了小区，过了几条马路，来到了被称为镇的地方。小镇真小，就有一条街相对房屋集中一些，公路两边有门面，门面都很小，也都是平房，几乎没有两层楼的门面。街道上看不出一点的繁华，偶尔有一两辆车子穿行而过，只有寥寥可数的人在人行道上匆匆来去，购物的人少之又少。因为是夏天或是习惯，所有的店门都关着，但门上都写了“open”或“close”（营业或停业）。市场冷清得像盛夏的午休，但上门的顾客多数都是买东西的，闲逛和看的人没有。

过了这条门面较多的街，其他的路或是街的两边都是私人的住宅，都是一幢幢单独的别墅，门前都有草坪，有的还有个独立篮球架，几乎没有人家有院子，房子大或小，平房或楼房，门都一律对着公路，分不清是正门还是旁门。和街上的房子一样，房子盖得再好也看不出它的新，好像都是老样式、老房子，颜色暗淡，正在盖的房子也是自然旧。

我想到我们第一天到时，开出租的老乡接我们，我问了他一个问题，我发现美国的一草一树一路一楼等，整洁是整洁，自然是自然，但都看不出新貌。即使花草树木，也见其枯荣衰败。我就问他在美国20年看到美国的变化了吗？他说："变化不大，现在走的这条路，20年前就是这个样子。"我对他讲："国内可不一样啊！国内正在加速城市化发展，真有日新月异的变化。"司机接着说："变化是很快，几年不回去就不认识了，我们的乡恋也在巨变中消逝了。

虽是当时不经意的话，但现在看到美国小区和城镇的环境建设，触动还是很大，是啊，任何人如果对自己熟悉的地方不认识了，那不是像对自己的朋友不认识了一样吗？这种陌生感不仅伤害自己，恐怕也伤害对方。如果故乡是这样，那对故乡人的情感也是极大的伤害，故乡情就这样生疏了。所以，我在外地常常听到有些人对故乡的埋怨，说家乡的领导见面就说家乡建设好啊，变化大啊，欢迎回去看看啊。有什么看的呢，记忆和熟悉的东西都没有了，一千个城市有九百九十九个相似，剩下有些特色与人不同的一两处，又被旅游业开发占领了。连家乡的亲人和朋友都说没看头，除了路就是房，路也不认识，房一栋比一栋高。古人常说物是人非，现代的特征就是物非人是，人们不断追求和改变物质。

我们不经意地转了一大圈，发现又转回来了。美国的路标和国内不同，少给路起名字，而是用数字作为路名，比如12街东，11条北街等。我们不清楚，儿子他知道，不知不觉又把我们带回到刚才走过的路段。

走了不少路，感觉有点累，吃了中午饭，三个人果然睡了个好觉，差不多睡到三点多钟才醒。我们劲头十足一道去了超市，买了些食品、水果和蔬菜。

晚上儿子和我说："他有一个在澳大利亚工作的同学，在网上看到了一款美国牌的电视机，要他从美国买了寄过去。"我说："这次来不及了，等我们从加拿大回来再给他办吧，今晚最重要的任务是睡好觉。"袁原嘴上虽然答应了，但他还是在网上看了很长时间。他为人做事就是这样，不及时做就睡不着。

8月4日　周三　美国多云，加拿大晴

仍然是袁原没睡好，他只睡了一个多小时，我睡了四五个小时，云霞也只睡了两个小时，妈妈总是和儿子的心情相近。我的时差是彻底倒换过来了。早晨五点，没人再能躺得住，云霞起来做饭，我写日记，儿子看电脑。我担心儿子要开车，几次催他再到床上去睡一会，他说还不如早走，路上困了，走到哪就在哪个服务区或路边歇一歇。我一想也是，三人赶忙吃饭收拾东西，六点二十分我们从小区出发。

有 GPS 导航，我们行车认路不费事。我虽然不能帮袁原开车，但在副驾驶位上说说话，看着导航仪和路牌，聚精会神，也能给袁原提精神，一路走得轻松顺畅。今天我们计划第一站是到美国、加拿大的边境尼亚加拉城看大瀑布，然后是出境到加拿大，今晚住在大瀑布的西岸加拿大的尼亚加拉城。一天大约要走八百千米，晚上的旅馆早已预订好了。

途中经过了美国的纽约州和宾州，还经过了三个比较大的城市——雪城、罗切斯特和水牛城。不管是城也好、州也好，都不如我们想象的繁华，有的是穿城而过，有的是绕城而行，都没有看到这些城市的全貌，但总体上我看到城市或村镇的房子都不是高层建筑。

从上车那一刻起，我就兴奋，美国之旅真的开始了，我们要自己开车在美国大地上走一走，要用零距离的接触去比照早已烙印在心的美国，去看看和了解真实的美国。

一路的风景，实际上出城和不出城差不多，天是蓝的，云像棉花，大地到处青绿，唯一不同的是出了城房子和人更少了。我们在高速公路上行驶，左边是树，右边也是树，正前方天如大幕，地如云烟，溟濛连绵，周围都是茂密葱郁的丛林。公路匍匐在大幕之下、云烟之间，像两条从天边飘来的纽带，来来往往的车辆就如纽带上的虫蝶。多数时候，公路都是穿越在树林之间，不是那种成排的树林，都如林山林海一般，密不透风。那些树木都是从根部就生了枝杈，完完全全地自生自长，像千年之前有人在大地撒了一把树种，遍地凌乱，哪里适合生就在哪里生，哪里适合长就在哪里长。有的枝枝蔓蔓，顺风顺势，有的像旌旗一样光杆光枝朝一个方向长。能看到雪打雷劈的痕迹，有枯槁死朽的林，也有火烧虫害的树，就是看不见人工修剪砍伐或人力管理过的痕迹。

草是地的衣，树是地的冠，原野里除了树林，就是草。可以说无处不是草，每一个旮旯，每一个沟坎，每一个坡埂，黄色的草、绿色的草无处不在。就连来和去的公路中间带，也都是整齐的草和杂色的花，时有一两个工人开着割草的车，在狭长的沟道里修剪草坪。大地被植被包裹着，已经没有一块裸露的土地。田地里的庄稼也少，多数都种着草，看得见割草机、打包机和一包包成捆的草放置在田里。有的田里种着玉米，偶尔看到已收割了庄稼的空田，但要么还留有草根；要么已被火烧过，剩有一块黑地。在美国也有我们传统的“畲田”的耕种方法，是我没有想到的，可我始终没有看到翻过的泛着红色或黑色波段的土地，一路上走了八百千米的路，始终没看见真正的田地泥土。

天好路顺，我们三个人的精神也特好，有点春风得意马蹄疾的劲头，不知不觉就到了中午，应该是开饭的时候。我们自己带着早晨做好的米饭，只要找一家服务区，在店里边休息边吃饭就可以了。已开了五个多小时的车，中途曾在服务区休息过一次，美国高速公路上的服务区真是干净，而且所有为旅行服务的设施齐备，随便进入一家商店都与国内的高级超市一样整洁，尤其是卫生间，与国内机场的卫生间一样干净。

十一点四十分我们找到了一家麦当劳和卖食品的连体店，店里有很多的桌椅供旅客休息，我们没有在店里买东西，选择了一个宽敞的靠窗户的桌子，把保温桶、饭盒、水果、矿泉水及照相机等放了一桌子，每人还有一个碗、一双筷子，摆上大大小小的饭菜盒，俨然像在家里一样开起了家宴。我们吃得津津有味，边吃边聊，旁若无人。我仔细地观察了一下周围人的反应，其实什么反应也没有，好奇和开心的只是我们自己。全是外国人，或者反过来说，只有我们是外国人，我们在注意别人，但别人并不在意我们。有人在排队买东西，有的已三三两两围坐在桌边，吃着从店里买来的东西，对我们的异常之举不闻不问。他们自顾自地说着话，连一个多余的眼神都不露。店里的工作人员也一样，各自忙着各自的事情，有看到我们的，也是事不关己、不冷不热的态度，准确讲没有流露出一丝一毫不满意、不友好的神情。

我们不光开心，也很自在，本来我和云霞多少有些顾虑，儿子虽然一再告诉我们，在美国没有事，服务区主要是提供服务和方便。结果是人家的不关心才使我们放了心，是给我们最大的礼遇和尊重。当然我们也不会忘记把餐桌收拾得干干净净。

这是我们吃的最具特色，也是最难得的一顿午餐，在异国他乡，又是在行旅途中，在外国人开的饭店，吃着我们自己做的家乡饭菜。全是地地道道的老家菜，比如肉烧梅干菜，青椒炒木耳，连原料都是从老家带来的，饭还是热的。我们你一勺我一勺地从保温桶里盛饭，又用筷子夹菜，这样特别的场合、特别的吃法、特别的饭菜及特别的就餐心情，恐怕唯我们所独创独享。周围的白皮肤、黄头发、蓝眼睛的人们正大口啃着汉堡，喝着可乐，分不清也不想分清谁是外国人，大家不同的喜好都在一个屋檐下尽情地释放。我看明白了，美国人不好奇也不管别人不同于己的事，对别人的尊重就是互不干涉、互不侵犯、各自自重。

饭后心情更好，不知不觉到了尼亚加拉城。尼亚加拉城是美国和加拿大两国分别给自己的城市起的一个相同的城市名，两个国家共有一条尼亚加拉瀑布和尼亚加拉河。大瀑布一衣带水，既是两个尼亚加拉城的界河，也是两个国家的国界。美国在河东，加拿大在河西。

两个尼亚加拉城的城市风格明显不同，美国这边的建筑简朴，楼房不高，街道也不集中，不见忙碌和奔走的人，行车也不多，保持与其他城市一样的不张扬、不抢眼、平实静穆的特性。这让人有一种感觉，进了城里如同进了村镇一样，见到的树木花草比楼房和人还要多。而一桥之隔的加拿大高楼林立，其气势让身在美国这边的人不由自主地仰望，那边有两幢盖在尼亚加拉河边的最为显眼的大楼，一座是电视塔，另一座是赌城。

我们根据导航仪已找到尼亚加拉大瀑布的位置，但就是找不到瀑布。开车转了一圈，导航仪上的箭头也跟着转，又把我们指回来。我们只好找停车位，下车问他人怎么去尼亚加拉大瀑布。有一位宾馆的工作人员，正开着割草机在路边割草。他告诉我们，我们已经到大瀑布了，大瀑布的范围很大，而且就在城市和森林里。难怪导航仪不灵了，指针直转圈。我们停车的右手边就是瀑布上游的河水。我们的车也可以停在路边，但要看清路牌上的箭头指向，有区域和时间限制。

我们终于明白，尼亚加拉瀑布与世界上所有的瀑布的不同之处就是它不在山里，它不是从悬崖落向悬崖，不需要人们从遥望到仰望。它就在我们脚下的大地上，就在平坦的路间和茂密的树林中，就在城市和楼房的周围。我们沿着河流向下走，过树林、公路和行人桥，渐渐看出了流水的区别。上游的水流清澈又和缓，有许多粗大的树干倒在河里，河面宽阔，河中心露出层层叠叠的岩石，还有一些树丛。当我们从桥上过时，河水哗哗作响，滔滔汩汩，不绝而下，冲击着石滩，翻卷着浪花，勾起我的猜想，这不是大瀑布吧？当过了桥时，才知道刚才看到的仅是瀑布上游的一个支流，真正的主流是在桥那边的洲头，能看到“黄河之水天上来，奔流到海不复回”的气势。

“飞湍瀑流争喧豗，砯崖转石万壑雷。”人未到，雷已鸣，大水茫茫，大地震动，天地回响。我们还在向前走，还在寻觅大瀑布，又急忙收回了脚步，不能不敢再走了，大瀑布就在脚下。我们倒吸了一口凉气，再揉揉心口，好险啊！大地被撕开了一个大口子，河水像地陷雪崩一样跌进峡谷。头晕脚虚，但我们还是贪婪地手握栏杆弯腰勾头朝下看。

总共有四处瀑布，三处在峡谷的侧岸，水是从桥下流过去的；一处在峡谷的正上面，截住了河的横断面，在世人的眼里展示了一个竖直的“Z”字，将河流一分三段，有了三幅不同景色的画面。第一幅是上游欢快潺潺的河流；第二幅是站立的又向人鞠躬的大瀑布；第三幅是向下的并缓慢平和地流向远方的河，很远很远一直与天相连。体现了水的三种不同的秉性，河水瞬间从柔到刚，从平面到立体，从奔腾到和顺，尽显其万千仪态。

我们站在瀑布的顶旁，瀑布就在脚下翻腾，水在流动，脚却不敢挪动，再向前走半步，人也会变为瀑布。看着急流里的树枝和草叶在眼帘里倏地消失，惊恐却无法从脑海里抹去，隆隆的轰鸣让人头晕。站于此，时间和空间都在向下流，两手死死地握着栏杆，人仍然要飘，只有思想和灵魂一会儿上一会儿下地像海鸥一样地腾飞。

瀑布冲击峡谷的水汽像地热温泉一样直上云天，它们是瀑布的姐妹，与瀑布同生同乐面对世人，上天入地，成为一道常景。彩虹是尼亚加拉城特有的景色，峡谷上空水汽弥漫，终日不绝，只要有太阳，就会有彩虹。

彩虹桥是连接美国和加拿大的国界桥，美国在桥东，加拿大在桥西，一衣带水，一桥相连。钢质结构的彩虹桥，又宽又长，桥身被涂成彩虹一样的颜色，桥高谷深，与天上的彩虹并列，亦真亦幻，相映相照，所以开着车过彩虹桥令人惬意激动。

从美国这边出境没有关口，开着车就上了桥，车一辆跟着一辆，桥似乎有些颤抖，也许是我的心有些激动。车窗外彩虹高卧，瀑布低挂，峡谷幽深，河水邈邈。啊！在什么地方能看到如此美的景色？这是自然和人力的完美结合。看着这样的美景，从一个国家到另一个国家，出了一国又进一国，心情真是又喜又有点不舍，可是无法停车更无法下车，想多看一眼也不行。细想更是庆幸，世上美好的事物常因瞬间而成为永恒，此一刻感受非彼一刻感受，我所看到的此景亦非彼所看到的此景。

下了桥的西口是加拿大入关处，像高速公路上的收费站，有许多出口，并不收费。我们排了一会儿队，慢慢到了窗口，学着刚过去的车辆的样，车未熄火，人也未离座，将护照递进窗口。边检官先看了我们三个人的护照，又在电脑上看了一会，随意问了问袁原一些情况。我感觉我们被问得时间要比前面过去的时间长，比两边窗口问的时间也长，不免心里焦急疑虑起来。我问袁原他问了什么？袁原说可能有问题，搞不好我们去不了加拿大。正说着，边检官从窗口的小屋里出来了，他说要看看车的后备箱，看了后又将三本护照退还给了袁原。开始我以为通过了，但看边检官手指着远处的一排房子，告诉袁原到那去，我才相信麻烦真的来了。

我们将车开到一排房子的门口，门前有两个女边检官在说话，看我们来了也没和我们打招呼，也没有异样的表情。她俩全副武装，服装的兜特别多，手枪比我们的“五四式”又粗又短，枪柄宽厚，我想那里面的弹夹应该是装了十发子弹。虽然是两个边检官在闲聊，也是我们自己走过来，但感觉还是有被捉来的不自在，好像有错处被人家发现，心情沉重暗淡，全然没有了刚才在桥上的喜悦。常听人说：“不怕过关检查，就怕小屋谈话。”现在我们就是被叫去小屋谈话了。

屋内原来是个大厅，厅中央围成一排的办公窗口，窗口外面靠墙有一排座椅，还有一条条被围着拦着作排队的隔离线。楼上有一个直走廊，看到许多单独的门。还好，我们并没有被安排到楼上的小屋里，而是被安排在大厅靠里面的一个窗口。是一个年轻漂亮的女边检官接待我们。我心想，这下好了，年轻人不较真、不死板。

而事实正好与我猜想的相反，女边检官认为我和云霞没问题，却认为袁原的身份不明确。

问袁原有没有证明自己身份的材料，袁原说：“没有，但如果能上网，可以查到我在新学校的任职和身份。”

漂亮的女边检官说：“你的护照八月十一日要到期，我们不能知道你什么时候回美国，逾期你既回不了美国，又不能留在加拿大。现在没有有效的身份证明，恐怕你只能回去取了证明才能入境。”

女边检官只顾看着电脑说话，也不看我们，也不管袁原如何解释，我们一天的热情一下子被她的几句话浇凉了。正当我们站在窗口前不知所措时，袁原听到了坐在女边检官旁边的负责另一个窗口的一位男边检官对女同事说：“他们这种情况可以放行。”女边检官没有说什么，想了想，叫我们到墙边椅子处坐等，她和男同事热烈地讨论起来。

看样子两位边检官都很认真，他们你说一会儿我说一会儿，声音都很小，男边检官有时瞥我们一眼，女边检官正背对着我们。他们不仅仅是把我们的事当作了自己的事，更有一副对国家负责、对旅行者负责的严肃热情的态度。

袁原有点着急，他对我说：“不行，我回去了，我给三叔打电话，让他来接你们。”

我说：“那怎么行，到你三叔家还有二百千米的路，你一人回去也不行，要是通不过，我们就都回去，下次有时间再来吧。”

“我本来就不想来，主要是陪你们，我对加拿大没有好感，办事非常死板。”袁原轻蔑不屑地说。“上次我同学的老婆到加拿大开会，进都进来了，回去时却不让回美国，说她没带美国护照。要么罚款500元，要么叫人把护照送来。她当场就哭了，说自己小孩在家要有人带，结果仍然不行。最后想想等人送护照也要耗费时间和住宿费，还是认罚。”袁原所讲的同学，我们也认识。他是袁原北京大学的同学。虽然我们不认识袁原同学的老婆，但知道她是袁原罗格斯大学的校友。

这时女边检官向袁原招手，她告诉袁原：“不是不让你入境，就怕你能进来，但回美国回不去。这次倒是可以给你通过，但你回不了美国我们不负责。”

袁原和她说：“回美国的事我自己负责，美国边关应该能从网上查到我的信息，回美国不成问题。”

此时，年轻的女边检官仰起灿烂的笑脸，深深地望了望袁原，又侧身对着男同事说话。我心里想，她的年龄和她肩上的责任真不相称，这么小的年纪要守好自己的国门可不简单。感觉那把腰间挂着的手枪与她娇好的身材不协调，但看到她的工作态度和精神面貌我又觉得不能以性别和相貌取人。男边检官人高马大，红白脸庞，棕黄短发，深蓝眼睛，和女边官检说话时，眼睛常看看我们，仰姿坐倚在椅子上，外表伟岸严厉，其实温和可亲，他仍然坚持可以放我们通过。

女边检官没有再说话，拿起桌上的高柄戳子，“啪”“啪”“啪”地在我们的护照上盖了三下，然后把三本护照合起来，递给了在窗口等待的袁原。我们赶紧说：“非常感谢。”两位边检官只是笑笑，就又开始招呼等在我们身后的人。

我们开车上了公路，没走两千米就到了预订的宾馆。在办好入住手续之后，到了房间，我们好像忘了一天的劳累、刚才的有惊无险以及下午看大瀑布的喜悦。我们倒床就睡，睡得很香。两个小时后我们睡醒了，然后一起上街买了三份三明治。买完三明治后我们又回到房间，有滋有味地吃起来。再也无心看瀑布晚照，我连日记也顾不上写，洗了洗就上床睡了。儿子连洗澡都免了，躺下没多时就睡着了。他应该好好睡一觉，四天了还没睡够五个小时，更何况明天还有二百多千米的路程。

8月5日　周四　加拿大尼亚加拉，多伦多，晴

早晨六点，我醒了，赶紧起床补写昨天的日记。儿子和他妈妈也随之醒了，大概昨晚睡得好，两人精神满满。袁原也消除了昨日的疲倦和不快，催着要上街，要看瀑布日出，要去市里逛逛。袁原还说：“十二点之前要退房，要离开尼亚加拉城，计划下午三点左右到三叔家。”

我们匆匆洗漱，将行李和房间收拾好，出门下楼。昨天来时心情不太好，也没太注意我们所住的宾馆环境。观景宾馆果然名不虚传，它就位于尼亚加拉河的西岸，离大瀑布只有几百米的路。站在宾馆房间的阳台上，既可以看到瀑布的日出，也能看到瀑布的晚照；既可以看到电视塔的高楼，又可以看到河对面美国的城市。

出了宾馆，不用问人，看看地形的走势和空阔的天地，就能猜出瀑布的位置。沿着门前的街道向东走，一直下坡，处处已有瀑布的气息，空气里弥漫着水汽的清爽，街面上浸透着湿润。都已经上午八点了，街上的行人仍然很少，车也少，多数的店铺还没开始营业。在一条很长的街道上，只有四五个环卫工人正用树皮护理树根，用一辆环保车来回倒运破碎的树皮，三个人负责装卸，两个人负责分散铺垫。道路中间的隔离带砌成平台，台中间有一排白杨树，树皮就是用作平台空间里的填埋

物。加拿大和美国都这样做，树根下除了是草坪就是铺垫的树皮，一点也看不见土，更不可能用水泥。

太阳已经升起，像一轮圆月，天空反而一片火红。远处有一条连绵的黛色山峦横于天水之间，水面色彩斑斓，波光粼粼。红日反照水中像出炉的钢水，好似又一个太阳从水中升起。

今天看到的瀑布和峡谷完全是另一番景象，峡谷像两道横杠，呈“〓〓”字形的天堑，横拦在我们面前。脚下驳岸直立，神龙见首不见尾，深不敢俯视，上接瀑布河流，下连深涧沟壑。平视对面河岸的瀑布，连成“一┐”形结构，像挂着四道闪光的绸缎大幕，横三道直一道地组成瀑布群。平地雪崩，云海翻腾。四道大幕，更像四个露天舞台，蓝天、高楼和丛林是景，日月、星辰、彩虹是光照，匆匆游人是看客，轰轰滔声是交响乐，瀑布和流水在尽情地表演。从天而来，又缓缓邈邈而去，水汽袅袅升天，让人回味遐想心醉。

可能还早，看大瀑布的人很少，除了几个晨练的人，还有一对夫妇在照相，剩下的就是我们一家三口。天地空阔而奇美，唯斯人皆以为常。这是一幅尼亚加拉河的全景图，只要你想看到它的全貌，你站在哪儿全都能看到。天空半红半蓝，云与水雾拥抱在一起，瀑布完全袒露着，没有一丝一缕的披挂遮掩。

有一种凉，似带着水珠，直入人的肺腑。人在自然的轰鸣声中独享世间的静谧，没有了呐喊与呼唤。我们沿着长长的河岸向瀑流的上游走，越走越能感受到瀑布的伟大和美丽，越走越想看到瀑布的源头。它已流淌了一万两千年，无始无终，自然而然，有谁能真正知道它的起源呢！它的源头在大地上，在自然界里。在它的面前人是渺小的，人忘乎了主人翁的地位，对自然保持敬畏，拿捏着与自然和谐相处的分寸。不知是大瀑布真正找到了自己的舞台，还是人们真的看懂了人生的戏剧。

大瀑布有一种不可接近的美，你能观看它，体会它，但没法体验，它给人“离我远兮，我将追随”的想象。因为那水流、那云雾、那声响、那气味、那彩虹……真真切切沁入人的肌体，启迪情感。所谓的天下第一，竟是人们自己的发现和感受而已。其实无所谓第一，正如这四道瀑布，又有哪一道最好，舍其一都是一种缺憾。

我们边走边说话，时而也会停下拍个照留个纪念。当我在想怎样将看到的“天下第一”的感受告诉国内的母亲和兄弟时，竟然有了写诗的冲动，于是想到去买明信片，并默默地在心里重复着我的诗句：“它是最好的，吸引了全世界的眼球，它是最特别的，把两个国家相隔相连，东边叫美国，西边叫加拿大。两个城市因它而骄傲，两个城市以它而命名。它是伟大的，一万两千年不息，一万两千年飞流，站在东方遥想着西去，站在西边又要逆流而东。它就是美加一体，它就是尼亚加拉，它就是天下第一。不要说它从天而降，其实它就在我们脚下，它从我们的脚下又落入更深的脚下，它的声响，它的气体又回到天堂。近处我们俯视它，远处我们仰望它，我们久久地俯仰，我们久久地思想。”

买了明信片，袁原写地址，我写诗句，就用这首诗代表我们的心情吧，并用国际特快专递寄出。将明信片交到邮递代办人的手里时，我心里还在暗暗地想，带着大瀑布的温馨气息回国吧，我们也将离去。但我们不会忘记，美在默默不息的流淌中，伟大停留在常人的眼皮下，震撼心灵不是颙望和涌动，而恰恰是平常与宁静，是一种不平凡的平常。我以平常又平静的心离开，不知何日又带着留恋盼望再来，等到重游的时候，希望这种清静与平常仍能让我独享，这个世界变化太快了。

因有 GPS 卫星定位系统导航，下午去多伦多很顺畅。曙涛昨晚特地打电话告诉了我们他家的门牌号。儿子将门牌号输入导航系统，一路不绕不问，从一条高速公路又进到另一条高速公路。路边的风景与美国差不多，尤其是农村的居住环境和房屋结构形状很相像，村庄和房屋都荫翳在绿树丛林中，没有太高的楼房，多数是两层，时有一些平房。不论是平房还是楼房，都比城市的房子要矮，是因为怕风还是因为怕影响树林，我不得而知。所有的平房确实矮小得像看林人的茅棚，和树林连成一片，成了树林的一部分，结合得自然完美，让人新奇，让人想起自然中的自然生活，想起梭罗和瓦尔登湖。

路上的车辆要比美国的多，有人说是到美国去购物或加油的。加拿大的里程单位不再用英制的“英里”了，改用国际单位制的千米。我们一直沿着安大略湖走，从尼亚加拉到多伦多二百多千米，都是安大略湖的湖区。从东进入多伦多的外环路，绕到城的最西边。多伦多是加拿大的第一大城市，开车看城市有点像在北京的西山或香山上看北京市，市里的电视塔是那么高，那么漂亮，是全市的标志性建筑。

不用问任何人，车子一直开到曙涛的家门口，导航仪上的箭头一动不动，儿子说：“到了，这个篮球架是三叔家的标识。”我们把车停到门旁车库前的空地上，下车深深地伸一下有些发酸发僵的腰，舒了一口清新的空气。到了，终于到了这几天盼望的目的地！

一幢两层的私家小楼立在眼前，和我多年来的想象基本相同。这就是我的三弟曙涛在多伦多的家，背井离乡来到加拿大十五年，有了眼前的安乐窝，不容易啊！2001年我的父母也来过，还住了一个月。今天我们全家都来了，在国外相聚，是一件大喜事。儿子急匆匆地跑去敲门，好一会儿没听到里面有响应声，豁然门“吱呀”一声开了，一张喜悦的笑脸探出门外，是三弟媳曾燕；紧接着，又一张小俏脸神秘地探了出来，是小侄女惠如，她刚七岁，兴奋得一刻不停，楼上楼下地跑。我们却累得只想坐着喝茶，只想去楼上小憩一会。

曙涛上班还没有回来。今年刚考上大学的侄儿袁昕林，因与高中刚毕业的同学们难分难舍，一起参加了一个教会组织的活动，所以明天晚上才能回来。我们本来是想睡的，但上了床又睡不着，可能是刚到一个新地方，还没适应，只好躺着闭目养神。

惠如悄悄地猫着腰走进屋里来，我抬头一看，她却“扑哧”一笑，舌头一伸，向我做了个鬼脸，一溜烟跑了出去。我完全没了睡意。云霞和我一样，睡不着也起来了。我们到儿子的房间一看，儿子也没睡，正在看电脑。问他为什么不睡，他说：“上网，刚连接上，本准备上一会儿网再睡，现在睡不着了。”听到楼下有说话的声音，知道是曙涛回来了，我们赶忙一起下楼。

曙涛带我们先参观了他家的里里外外。这是一幢带地下室的两层小楼，门前是公路，有草坪和一块空场地，空场地有单人篮球架，在车库门前。楼下的一边是客厅、饭厅和厨房，有一个木质的楼梯铺着地毯到楼上，楼上有三间卧室、一间书房、两个卫生间，楼下客厅有一通道，能通达隔壁的车库，车库停放了两辆车，一辆是轿车，另一辆是商务面包车。通道有到地下室的楼梯，地下室和一层的面积是一样的，安置了制冷制暖的机器设备。这个设备很好，也很方便，这里每家每户都把它安装在地下室，烧天然气，设计好温度，自动阀自动调节，机器按照设计的温度自动工作，自动开关。地下室还放了一张乒乓球台。还有一间理疗、针灸的工作室，这是三弟媳曾燕的工作场所。她原来是解放军第四军医大的医生，是中国中医院的研究生，她不对外营业，熟人找上门来求医问药，就帮人看看，以减轻病人的痛苦，看病的人多了，大家口口相传，她也小有一些名气了。

屋后有一个四四方方的院子，用木栅栏和别家分隔，院内有一块草坪，几畦菜地，种着几棵西红柿和青椒白菜之类。菜稀少得很，说明主人的用心不在这上面。三弟媳却说："本来菜长得很好，回国一趟，一个多月，靠天收，结果都旱死了。"院中还有几棵枣树和桃树，树都还小，与栅栏一般高，栅栏是四户相隔相连，成“田”字形，每户占“口”字大小一块，踮着脚尖可以看到其他三家的院内环境。每家的房子也一样，两户相连，前后相对，整个这一片，分成几条街，两排楼房有前后两条公路，小区都是一律结构的楼房，好大一片不知其数。也有稍好的独门独院的楼房，也是两层，外表能看出结构上的区别，风格各异，体现了主人的不同审美情趣。

晚饭后我们两家六口出去散步，顺便看看附近的环境，整个小区没有围墙，一大片坐落在原野里，小区内公路如网，直通小区外的大马路。看到一望无际的田园，像走在家乡的路上，但又不像。因为这里的田舍太整洁了，没有阡陌纵横，田里庄稼和大块碧草是连着的。我们看到有许多家长带着小朋友在草地上嬉戏，也看到庄稼地里的玉米舒展弥望，杳无人迹。弯弯池塘，清水泱泱，晚霞映照，雾气轻淡，惠如骑着儿童自行车跑得影儿都看不见，快活得像蝴蝶飞进了芳草地，一转眼又飞到了我们跟前。

晚间出来遛弯的人，几乎都是中国人或亚裔。曙涛说：“这一片有上千栋房子，住的几乎都是亚裔。惠如的学校就在前面，很近。早晨曾燕把她送来，下午或者来接或者她和同学一道跟车回家。这东面的一大片还在准备盖，这里已快成一个集镇了。”

晚上我们因为太累没有聊天，早早睡了。明天还要进多伦多市里。在加拿大我们只去两处，渥太华和多伦多。按照老说法，时间紧任务重，所以休息要挤时间。

8月6日 周五 多伦多，晴

天气真不错。天不热，太阳不晒，这样的天气正是出门的好时机。昨天晚上是我们出国以来睡得最好的一晚，时差全倒过来了，心踏实了，疲劳消除了。今天是周五，曙涛请了一天假，吃完早饭就开车带我们去多伦多市市内的中心岛。从住处到市中心大约三十千米，路上车很多但不堵，一辆接着一辆，与北京早晨上班高峰期的三环差不多，但行车的秩序明显好些。一路上除了有几次放慢行驶以外，几乎没有堵塞不走的现象。

有一个现象很特别，靠里边的一条道，车又少又快，但所有慢行的车都不并道过去。曙涛告诉我，那是每辆车都有两名及两名以上乘客的车道。我问袁原：“美国有没有这样的专用车道？”他说：“有，在美国叫拼车道（carpool lane）。”曙涛也开车上了专用车道，仅用了四十分钟，就到了中心岛的码头。

中心岛是安大略湖的一个最为有名的岛屿。安大略湖是世界著名的五大淡水湖之一，有 19554 平方千米的面积。在这么大的城市有这么大的湖，又面对着岛屿，湖与城市相映，其美丽的景色可想而知。

岛上是一个天然的公园，上岛的人很多，且多数带着孩子，有的一家带三四个孩子，大人也不拉着孩子，能走的都各走各的，还有一家小孩小得只能躺在推车里。

我们到得比较早，岛上的人还不是很多，其实是岛太大了，一船几百人，上了岛就分散了，再看就只有树和鸟了，还有四面一望无际的蓝天绿水。一船又一船的人，上午都是进得多，出得少，但进了岛的人似乎都藏了起来，见了一面就再也看不见、找不着了。

公园里也没有特别的景物，除了树林就是草坪，路都在树林间。湖鸥随处可见，胆大得很，在人身边觅食，人使劲挥手它才肯飞走，然后飞一圈又回来，扔给它苹果皮或苹果核，它衔了就飞走，怕被它的同类抢去。

我们在岛上悠闲而无目的地走着，到了岛的另一边，正是太阳照耀的一面。湖岸有简单的石条，水离岸只有几十厘米，远处看不到湖的边际，只见水天相连，一半是蓝一半是青，没有明显的分界线。

湖水是温和的，是平静的，像少女，像青丝，像一泓碧海，安静柔顺深沉。人们常把湖说成平湖镜湖，是很精准的，湖水就是一面镜子，它是平面的。而大海是立体的，像男人，有凶悍粗犷勇猛的个性。所以即使没有见过海的人，也能认出这是湖，是全世界都认识的湖，因为她既柔美又恬静。

“八月湖水平，涵虚混太清。”湖面空荡，很远处有船帆若隐若现，还有数只湖鸥在湖上飞翔，湖水广大深厚，清澈又有光彩，既和平也温暖，让人心平气和。

在背对着平湖高阳留影时，我们发现正面对着多伦多的市区，景色非同寻常。平湖日照下高楼林立，电视塔直矗蓝天，不见人影攒动，车马奔忙。这是湖中的城市，也是城市中的湖。市里有湖光水色，湖里有城市的影子，有湖的城市有水一样的灵性，水一样的清澈柔软，湖有多宽广，城市即有多宽广。我们从岛上返程的时候，不停地按下手中相机的快门，这样的湖光市景确实少见珍贵。没想到湖与城市融洽得如同鱼和水，城市的个性亦如湖水的个性，城市像湖面一样不喜欢繁华与喧闹。

十一点半的时候，我们开车进市区，坐车观景。曙涛开车，我们游览。我们游览了皇帝街和皇后街，还有号称世界最长的央街。这些街都是多伦多的主干街或者中心街，古老幽雅，繁华静谧，像中国过去 20

世纪30年代的上海滩、南京路。街面较窄，两楼相对，楼房都是大理石的基座，甚至整个楼都是大理石外墙，一律直上直下不挑阳台不飞墙檐。房子古色厚重、质朴肃穆，看这样的街市，能看到城市的历史和文化底蕴，看到城市的气质和品性。

晚上，我们随曙涛一家去了教会。每周五晚参加教会活动，是曙涛他们一家自移民到加拿大后的一项雷打不动的生活内容。袁原开始不愿去，我劝他去。我认为客随主便。我们没有去教堂参加过教会活动，实际体验一下，既可以多了解一些知识，又可以使大家都高兴。

去教会的一项重要活动是聚餐，每家都准备了自己的食物，有的还是拿手的特色家乡菜，带到教会与大家分享。彼此一边吃一边说话，是联络感情交流生活的好方式。有点像吃公共食堂的样儿，集体的和个人的食物都放在食堂里，大家排队轮流挑选自己喜欢吃的食物。品种真不少，有二三十种，人们像在一个大家庭里，小家庭打破了，孩子们和孩子们玩，大人们一起互为兄弟姐妹，青年人总是多一些想法，扎堆在一起交头接耳嘻嘻哈哈。我的理解是，物以类聚，人以“情”分，人都是怀念集体生活的，越是在他国异乡，侨旅的人们越是怀念依靠集体，集体意识也是人越多越强大。

聚餐后大家坐到一起唱诗。孩子们坐在前面，大人们随便坐，每人发一个诗歌本，由轮值的人主持今日唱哪几首歌，有的是中文歌，也有的是英文歌，不会唱的还有专人教。他们像小学生在课堂上跟着老师唱歌一样，既认真又专心，没有心不在焉和装模作样的。

大约半个小时后，唱诗结束，讲经开始，这才是教会活动的主题。同样每个人拿一本厚厚的、黑皮面的《圣经》，有中英文合本，也有中文和英文分开本，人手一册随便你选。大概他们内部自有组织分工，每次均有一人负责主讲，主讲也有提问或叫某人读一段《圣经》，但大多数都是集体读一段，主讲讲解一段。

我在想，这样的活动他们每周进行一次，他们理解是神的力量，主的召唤。我的理解是信仰的力量，是集体的召唤，他们都是中华优秀儿女，他们都经历了人生风风雨雨，他们都更怀念祖国和故乡，这样的活动就是怀国思乡的情结的体现，就是孤独的灵魂在寻觅精神的家园，就是个人的情怀寄托和慰藉在集体的意识中，就是大多数外国侨民侨胞的文化生活……

我们一家三口很认真、很愉快、很真诚地加入其中，参加了他们的所有活动。我深信我成不了他们的真正成员，但我祝福他们，赞赏他们，他们精神愉快、热情高涨，他们真正地既有大家，又有小家。他们的追求和信仰有他们的道理。

8月7日　周六　多伦多　渥太华，晴

蓝蓝的天，淡淡的云，秋色初现，气候温润。今天我们要去加拿大的首都渥太华，老天爷真是太眷顾我们了。大约有四百五十千米的路程，早晨八点我们准时出发。曙涛今天不上班，他开着商务面包车，我们一家三口是游客。

美国、加拿大两国的国情很相似，路况和风景也大同小异，与国内不同的是，周六去郊游的路上车反而更少。我们一路说说笑笑，不知不觉就到了渥太华，找了个停车场，在停车场我们吃了自带的午餐。

我们在城市里东看看、西瞧瞧，觉得很新奇、很特别，因为街上除了我们和少数旅行人，几乎看不到其他人。这里周六、周日都不上班，商场也不营业，只有少数的餐饮业开门，大概也是为了方便来这里的游客们。城市很冷清，关门闭户，表面上看不出一点待客的热情。这反倒让我们感到从未有过的自在和闲情逸性，一种没有干扰和分心的走与游、观与赏。你可以看到平日里不在意的或者看不到的忽然又触动心思的景物。

这么热闹的地方也会人去楼空，道宽车稀，偌大的城市像在午休，我们似从现代返回到从前，似梦幻般进入童话世界。城市的安静真正是社会的大安静，楼房原来也是可以安静得像模型摆在那儿，人原来也是可以安静或躲得远远地过一种弃尘绝世的生活。

我一边走，一边看，一边这么想。这样的休息才叫真休息，这样的放假才叫真放假，谁也不干扰谁，谁也不为谁忙，人类就像集体统一地脱离了社会，过一过单个自由自然的自己的或家庭的生活。

不知不觉我们走过几条街道，有了大道独行、闹市唯我的体验。我们没想再去其他地方，仅看了国会大厦与和平塔楼两处。站在塔楼上我举目四望，最大的感受是加拿大人的爱国精神，我不论朝窗外哪个方向看，最吸引我的是那些飘扬的像红枫一样的加拿大国旗，几乎是每一个建筑物的顶上或街道广场草坪的显眼处都有红枫飘飘。我虽然没有与加拿大人交流过，可以说一个加拿大人都不认识，但就像有一种强烈的震动感压迫着我的意识，使我自然而然地意识到他们的爱国精神。这是谁也代替不了的情怀，不需要言语表白，看不出欢欣鼓舞，就是仅凭人所特有的感知和意识，我看到了这里人民的信仰和崇敬。我也坚信，每一位站在这个塔楼上的人，都能注意到这一刻骨铭心的景观，这一道真正让人心动的心景。

我情不自禁地对曙涛说出了我的发现和感受，曙涛立马把我带到塔楼观景层的一角，手指墙壁的一行英文字说，这里写着：“你站在每一扇窗前都可看到最少有十五面加拿大国旗。”我们几个人分开站在不同的窗前开始数了起来，果然每个人都很容易地数到二十面以上。

下塔楼时发生了一个小插曲，下塔的人没有上塔的人多，人们不需要一个接一个地摩肩接踵地排队进电梯，几乎不需要按秩序排队。我们只看见有隔离线拦着，没有看到哪里是排队的地方。

袁原走在前面直向电梯口，结果被一个全副武装的警察拦下，指了指墙角那边，有几个人在说话像在等电梯。袁原意识到自己走错了道，但又被隔离带拦着，绕过去要转一圈。他犹豫了一下，猛然一个跳跃，跨过了隔离带，直接走到了电梯口。就在警察的眼皮底下，就在空荡荡的一道道隔离带中间，警察并没有阻止，只是面无表情地看着，似在看一个人的跨越表演。

我笑着对袁原说：“你没看到警察的表情吗？”袁原不自然地笑笑，刚好电梯到了，袁原低头钻了进去。倒是那些无意排队的人真的一点反应也没有，不知是熟视无睹，还是压根儿就没看到。电梯来了也不急，不慌不忙、想走不走地进入电梯，没有人拥挤，也没有人催促，连在电梯里的人都不急。

与加拿大飘扬的国旗一样，每个人的行为反应，都是他们的文化习惯，都与一方人有关，都会在特定的时刻和环境里做出类似的表现。这就是文化及文化差异，这样的差异也不是一人一事能改变的。存在决定意识，认识不同，准则不同，改与不改或怎么改也不同。

来回都是曙涛一个人开车，日行九百千米，曙涛很累，我们也很累，到家已经傍晚了，我们匆匆吃了晚饭，上床睡了。按照日程安排，明天我们要返回美国，同样有一千千米的路程要走。

半夜，隐约有人来到我的床前，只听到有人在喊，爸爸，爸爸！我一下子被惊醒了，抬头一看，是袁原。我忙问：“几点了？”“三点了。”袁原急促地回答，又匆匆说，小佳来不了了，她在上海机场登机误点了，迟了十分钟，登机处拒绝办理登机手续。小佳说工作人员都还在，就是不给办。我赶紧起床，悄悄地走到楼下，声音也不敢大，电话从国外打到国内，找到了也在国外公干的朋友，他又从国外打电话到国内。

通信真是发达啊，几分钟电话就绕了地球几圈。事物都是相对的、辩证的，方便了也就多生出了许多事情，机场的人又找到了机场的人。商量的结果是，今天肯定是走不了了，明天可以走，但没有座位，只能等有人退票。现在退一张票还倒补你几百美元。机场的人答应，只要有一个座位头一个就给小佳，但不能确定什么时候有。现在正是学生入学和返校时期，按照历年的情况，有时要等一个月才能等到座位。人只能回家等通知，一般在接到通知后七个小时内要赶到。调别的民航机票比较难，只能等明天再问问。

我和云霞都起床了，楼下打电话声音再小，夜半三更，加之总以为在国外离得远，声音时不时就高了，还是把曙涛一家都吵醒了。他们下了楼，知道了情况也很着急。我们商量，小佳回家等通知是不可能的，一个月她学校都开学了，再说六七个小时也赶不到，能调到其他航班的票是最好的办法，就怕没有得力的人还是竹篮打水一场空。

袁原已经没有了精气神，听我说调航班，猛然想起了卖票的代理商，票是他在美国这边订的，他们应该知道怎么办。一看时间正是四点，这个时间打电话不知能否联系上，抱着试试看的想法，我催袁原赶快打。袁原用美国的手机拨了号，很快通了。有女士问需要什么帮助？袁原说明了情况，她回答可以把今天的票退了，再买一张明天的单程票。问明天有没有飞美国的票，她说有，是同一航空公司别的航班，不是直飞纽瓦克机场，而是在美国西部的旧金山机场入境，再转美国国内航班到纽瓦克。袁原问票价是多少，她回答：单程 1600 美元。袁原对我说，和原先的往返票一样价，还倒贴了一张单程票在里面。问我怎么办？我说："钱能办到的事，最好用钱办，比什么都省事。"

袁原听我这样一说，又打了电话，告诉了对方信用卡号，两分钟把事情搞定。我劝袁原："没什么，就当你当初没有提前预订到优惠票。或者说买了公务舱，小佳自己失误了，花了公务舱的钱，没有享受到公务舱的待遇，自己罚自己。"袁原听了没说话。

这时候天色已亮，我们又回到各自的房间睡觉。忙了半夜，又紧张、又劳累，哪还有睡意？大约躺了半小时，袁原又来到我们的房间说，不睡了，睡也睡不着，还是走吧。我劝他还是明天再走，反正小佳今天已经赶不到美国了，我们赶回去也没有用。昨夜都没有睡好，不如今天在这儿歇一天，明天起早走，下午早早地到纽瓦克机场。你三叔也说今天不要走。袁原说，还是走吧，今夜小佳登机，我们赶回美国联系方便些。再说她英语不太好，明天上午到旧金山，有入境的问题，人在美国以防变化。我听袁原这么一说，知道他人不在美国心不踏实。本来他这趟旅行就很勉强又不顺利，就是回美国，加拿大的边检官也曾提醒过他，他还有入境的担扰。

我一跃而起，决定早走，早走早安心，美国还有许多事情等待着我们。我们赶紧洗漱，曾燕已经做好了早饭。我们匆匆吃了些，就迫不及待地开车上路了。

经历美国钓鱼

我喜欢钓鱼，意趣又与众不同。我不愿意钓家养的、好钓的、名贵的鱼，喜欢钓自然河塘里自生自长的无名杂鱼。这种苦中寻乐、乐在其中的数十年不易的孤芳自赏与清静自好，被我所经历的美国钓鱼触动了。

初春某个周末，我们开车跟 GPS 走，从巴尔的摩市向西行，约半小时，看到一片湛蓝的湖，车行至凌湖而架的桥上，俯瞰湖面，犹如一只鲲鹏在苍茫山川间翱翔。

被称为自由水库的湖，被山岗围着，被森林捧着，很难发觉人为的迹象，野性和阒静恍如隔世。所有路边和临湖的树木，都一律朝着路人和阳光欹斜伸展。走进森林犹如走进神话般的圣殿，明净空远。树又高又直，都努力把天撑着，连横倒的槁木也透着千年不朽的道行。

乍看湖面很平静，似有一丝的云，细看会发现，到处是成群或独特的鱼。浮在水面的一动不动，沉在水底的慢慢悠悠。它们像生长在玻璃缸里，看见人而不觉有人，生于水而不知有水，极其自在沉静，稍有意外水响，则喁喁唼喋，生猛活跃。

临渊羡鱼，我们先到奥尔玛超市购置钓鱼证。店员将我的护照上的信息输入电脑里，很快打印出一张纸，让我签字并收存。我左看右瞧，不敢相信，这张没有印章、照片和存根，只有几行英文字的纸片，竟有了法律效力，成了我涉海游湖合法垂钓的通行证。证件分三天、七天、一年三个期限，分别收费五美元、七美元、三十美元。我花五美元办了一张三天有效的证件，兴奋得要下海捉鱼。

美国人钓鱼和我们完全不同，他们大多数是驾着游艇进入湖里，入得桃源里，逍遥一渔人。只有少数人在岸上沿着湖边走，边走边甩竿抛线。没有人像我们那样猫在湖湾蹲守，拼耐心，斗技巧，耗体力，讲智慧。有效期就三天，我一天也舍不得耽误。

第一天，风和日丽。我凭四十多年的垂钓经验，收获自不必说。我发现美国人虽然都面带满载而归的喜悦，但船上一条鱼也没有。有三个人在岸上，一个人手举一条很大的鲈鱼，另一位为其拍照，拍照完，又小心翼翼地把鱼放回了湖里；还有一位则向我们宣传，这个季节正是鲈鱼的繁殖期，法律规定要等到六月之后才可以钓。看到我们钓的鲤鱼，归来的人都向我们竖大拇指，做出OK的手势。有一长者说，他今天放了八条鲈鱼，很久以前也曾钓过一条这样大的鲤鱼，钓这种鱼很难。我们听了很受用，心里想着，不动脑筋，只能瞎猫碰死耗子。

第二天，愁风愁雨。原以为美国人受不了这样的天气，到了湖岸边才发现停了更多的车。草坪上有几只加拿大天鹅正懒歪歪、晃悠悠地走着。风急浪大，我们钓了很多根本不认识的鱼，对照钓鱼手册也无法辨认哪些鱼该留，哪些鱼该放。美国朋友倒是热心，主动来帮忙，他们不确定又去问别人，回来告诉我们说，一条都不要放，这些鳊杂鱼是味道最鲜美的鱼。渔舟唱晚，我们看到的是美国朋友的笑脸而不是鱼。他们的收获感与我不同，他们高兴的是今天又放了几条鱼，是一种心驰神往、无欲无果的快乐，一种自我满足、自我愉悦的旷放与安逸，既不为鱼也不为渔。

第三天，阴转多云。天鹅贴湖水而飞，倏地又钻入水中，渺水昊天，杳无踪影。我被天鹅上天入水的本领给迷住了，钓鱼也一点不耽误，二十分钟不到，连钓了三条大鲤鱼，每条都超过了三斤。有两个黑人看到后自言自语说，能钓到这样的鱼真好。我们要送他们两条，被他们谢绝了，说只想自己钓。另有父子三人，其中大男孩约十来岁，看到我们的鱼，自然地“呦”了一声，我也跟着“哦”了一声，忙把鱼凑上前，想让他们看得仔细些。孩子们却有了一丝淡然不屑的表情，父亲也少了些热情，我们匆匆告别。

鱼钓多了，真不是为了吃，送美国朋友，他们不要；送中国朋友，都高兴地笑纳了，使我们稍稍有些收获感。这样的感觉慢慢变大，变得沉重起来。如果人人乐而不争，得而能舍，那取之不尽，用之不竭的又何止于山间明月与江上清风，真情和爱心会有，智巧短长则少些；真实真诚与尊重敬畏会有，僭越冒犯且蝇营狗苟则少些。荣耀、名利、怨怼和竞争终将含羞藏匿，美丽富饶的自由水库则会处处环绕家园。勤无所得，不生悖心；长铗归来，宁食无鱼。面对这样的情怀和淡泊之心，我又如何自鸣自得地炫耀？

人生的乐趣不在于占有与自我欣赏，而在于内在追求、道德修养、志趣爱好与外界的完美和谐。那种有也乐无也乐，不为有而乐、不为无而忧的心态，才是本性与自然一体的真实体现。

灯如星月

早晨六点我们从圣乔治小镇出发，按照美国西部犹他州的时间，天并没有亮。犹他州属于科罗拉多高原（意思是红石高原），车沿着山路走，看天是星，看地是灯，看远处分不清是星还是灯。

村镇上的灯整夜亮着，有的地方亮堂一片，有的地方星星点点。天如青色山如黛，即便是再小的村庄，哪怕只有一两户人家，其屋前檐后都亮着几盏对外的照明灯。夜阑山静，窗户黝黑，人还在梦里，只有村头那盏不夜灯和通向树林深处的路灯，给人温暖，给人光明。路灯和星月一样，总对陌生人和行路之人以笑脸相迎，尤其是山路中的行人总把灯看作人家、看作安全。四野莽莽，山风清冷，路灯似有人的体温与人的脉搏，使人倍感体贴和心热。高速路上时而有车灯晃过，远比不上熟睡的村庄里那些夜灯辉煌和亲切。

天空渐渐泛着鱼肚白，开始能分辨出那远处的山坳里的亮光不是星星而是灯。地上的灯远比天上的星星多；城市里的灯仍旧绚烂美丽；山间里的灯自是默默无语，但它们都是最忠实的“守夜者”。它们明亮但不闪烁、不炫耀；它们爱城市但也爱山川陌路；它们奉献出光明又收获了光明。

在美国的一些公寓和办公楼里，我看到公共过道里的灯很亮，亮如白昼，像老家过年一样，让人舒服快乐。老家的除夕夜，家家户户都要把所有的灯打开，甚至安上大灯泡，常年不开的门灯也亮了，图一个好彩头：大放光明，日子越过越亮堂……在美国过道里的灯常年不熄也是一种信念，家家户户屋里的灯皆黯然，但对外对路人对公共场所的灯却大放光明，不管是在私家院落，还是在公共社区，主人们总是在窗外的灯照中安然入睡。光明是一种公益，敞亮是一种德行，大道光明，沟坎淫秽则少，路自然越走越亮堂。

夜深了，我站在拉斯维加斯 109 层的塔楼上，低头看大地，亿万灯火，明光照天。天地好似翻了个，满天星斗散落人间，整齐均匀，星罗棋布，好一个夜间天堂！灯如明珠，一颗颗穿连，一圈又一圈向外扩展向外绵延，终是人的视力不济或错觉，看不清灯的尽头，看不尽万家灯火。

千万盏普普通通的灯仿佛是人间的星月，夜以继夜，照亮每个地方。于是我坚信，灯光是最和谐、最具包容性的公益，是人世间最温暖公平的明亮，最能代表公道人心。每一缕亮光都蕴含着人世间情义、年代沧桑、人性之善，驱赶黑暗，超越时光，连时间和历史两位老人也自叹弗如。

飞在一万米以上的夜空，我们从拉斯维加斯到纽瓦克的万里航程中，航览了大地的灯照。如梦如幻，如光如电，大地比天空遥远，天空比大地暗淡，星星就在身边，灯却亮在家园。地上光景一幕幕地闪现，如过眼一幅长篇巨卷的夜景图。城市村镇如琼楼玉宇，银河人间；田野山川公路如光带电闪，北斗七星；万里大地江海湖泊若明若现，大地正演绎着真情实据的电影。倒是夜空孤单又呆板，疏星寥辰，三三两两，不冷不热。真让人感觉不出天上的好，飞得再高再远，仍是不停地寻觅和期盼着落脚处的灯光。

人都是喜明怕暗，即使是在黑夜中摸索或是在阳光下工作，也总是寻觅或面朝着有光亮的方向。心里亮堂的人，生活得阳光，也愿意给人光明；心底阴暗的人，昏黑隐晦，既害怕光明又不给人光明。我曾经看到一则报道：某煤矿发生矿难，在井下的矿工因为没有矿灯及照明设备而不能自救，最终在矿井里罹难于黑暗。这是令人痛心又愤慨的事件。在井下的矿工给了他人光明，自己却殒命于黑暗。这一切无疑是阴暗自私者的罪过。它警示我们不仅要关注黑暗处的灯光，也要关注灯光下的黑暗。

有一句诗写得很好，“黑夜给了我黑色的眼睛，我却用它去寻找光明”。人们对其的理解各不一样，我认为光明都是互相给予的，我给予了你，你给予了我，太阳把光明给予了星辰月亮，星辰月亮又把光明给予了地球人类。哪有不肯照亮别人，却自己能有光明的人。

做一盏灯吧，光明自在，又能照亮他人。

人生

人生的话题无穷无尽。人生或伟大或平庸：有人轰轰烈烈，有人默默无闻，有人活着为人，有人活着为己，有人图名，有人求利……不一而足，各有活法。本章通过对普通人、底层人，甚至亲人的人生面貌和生活态度的抒写，表达人生多样，人生有大美的情思。

永宁在哪

一

永宁是我的好同学、好朋友，他刚过甲子之年就溘然病逝，像正高飞的风筝意外断了线，令人叹息。尤其是在殡仪馆，我被他的遗孀明霞的一句话“方文啊，永宁每年春节都要去你家，今年他去不了了”，更是说得潸然泪下。往事历历在目。

永宁可能是太在意 2018 这个年，才这么匆匆忙忙、恍恍惚惚地丢了性命。他说他过不了今年这个年，不知是怕过还是要过这个年，在距阳历年还有 10 天（离传统的阴历年春节还差一个半月）的时候离开我们。正如老话所说：“小孩盼过年，老人怕过年。”在他这个岁数的时候，身体说不行就不行，应非一日之寒，应是受心理影响，受结果和放不下所累。结果这东西其实没有统一性，不同的人对结果的看法是不一样的。人都希望一帆风顺、结果美满。其实，某种程度上，人之经历就是结果，过程和细节决定结果。人生十之八九是苦难，唯有一二是幸福，或者可以说，苦难和幸福相加等于零，或者也可以说，磨难也是一种幸福。有时候认识不同，结果会完全相反。作家萧伯纳说：人生有两大悲剧，一是没有得到你心里想要的东西，另一种是心里想要的得到了。人生其实就是一个态度，乐观的人看什么都快乐，忧愁不经事的人遇什么都不开心。

我为永宁惋惜，他有能力、有条件过好自己的每一天，实际上他没有过好：生也孤独，死也孑然。这与有些人对他的认识有所不同。大多数人看到的是他的优秀、光鲜、快乐和骄傲，而我看到的是他充满磨难的心路历程。在他的思想和灵魂深处始终带着无法慰藉和抚平的陈旧伤痕。即使是处于忙碌、热闹中，他仍然负重独行、心绪不宁。

他知道我的看法，并且我们常常一起交流和探讨生活中遇到的一些事情，所以他会把自己不愿意告诉别人的秘密告诉我，但有时候他又常常露出忧郁不安、不自信的表情，欲言又止或是不知如何表达。他为人处世，有时随意，有时严肃，有时毫无保留，有时欲说还休。我知道他有要告诉我的话没有来得及说，他一方面担心不说会没有机会；另一方面又希望有更好的时机来更好地表达。他就是这样带着真实、谨小慎微过着既有希望又有担心的日子，从希望安宁到再也安宁不下来，终为不确定的目的所困惑，结果越怕什么越来什么，越是认为要发生的事就越会发生。

二

我和永宁曾在一个县城工作，而且他母亲和我母亲是一个学校的老师，他们家有一段时间也住在学校里，这样我们有很多见面的机会。等我到了北京之后，我们见面的机会就少了，但我们的联系和交流反而多了，每次回来他都会知道，而且总是以接风或饯行为由请我和一些同学吃饭。这个时候我们已人到中年，对人生和世事都看得比较明白，永宁也算在经历波折之后事业有成、财富自由。应该说，永宁这个阶段的表现是其一生中最为自由、最为真实、又最能代表其人生状态的时期。我就是在这个时期对他的了解胜过了以前的好几倍，对他也多了一些理解和认同。

和永宁的最后离别是在一年前的餐桌上，年底我要出国，他邀了二十多位同学为我饯行，这时他的体质已经有些外强中干。他对我说，没有其他毛病，只是咳，吸气困难，没有力气。他怕烟，我陪他一起坐在空调的上风口，不知是空调暖气的原因，还是宴席上烟雾太重，他中途悄悄地和我说，感觉不舒服要提前走。我和同学们都没太在意，因为事先他还很高兴地答应晚上参加我的回请晚宴，结果他没有来。在同学们的记忆里，这就是他和我们的最后晚餐，一顿他没有吃完的宴请。相隔正是一整年，来不及说走就走了。

之前听说他要换肺，我很惊讶，同学们也很惊讶。我们很少听说人的肺还可以换，据说北京的大医院和专科医院都没有换肺成功的先例，但永宁在网上查到南方的一家市级医院可以换，他以为找到了救星，以为这是全国治疗肺病和换肺最好的医院。有同学劝他不要换，“你不换不是好好的吗？带着呼吸机不是一样走动吗？”他却坚持说，“不换就活不到过年。”当对生命的担忧和恐惧足以吓到一个人的正常思维和正确判断的时候，这时的聪明智慧反成了夺命的利剑；好心或善意的劝阻反成了激其奋进的鼙鼓。不管怎样，我们希望他换肺成功，我们也和戴着呼吸机、躺在病床上的他视频，说些等着他早日归来的安慰话。这让他高兴，也让他清醒。他是清醒的，他一边笑一边摇头。他内心明白所发生的一切，但明白人不一定能做明白事，更何况这是对生命下的赌注，认定这是他的救命稻草。这个时候考验的肯定是人的气魄胆识、心态气量，而不仅仅是智慧，是综合人之一生的能量和对生命奥秘的通达诠释。世上有两种人活得久，一种是珍惜生命的人，另一种是视死如归的人。

后来，传来的消息越来越不好，直到他完全无能为力，不得不听命于医生，最后被医院和医生彻底放弃了治疗，一句“家属准备后事吧”的医嘱像死亡判决书一样打破了一切希望！可惜永宁早已在噩梦中昏迷不醒，连一句后悔或交代的话都没来得及说。一个冲破重重阻力、带着自信和希望走进医院的人，一个从孤独害怕到勇敢战胜自我的人，转眼间变成最为孤独无助的人，成为最为担惊受怕且被恐惧吓死的人，成为自愿充当医院医学实验和治病敛财的活体广告的人。一个睿智并知道市场规则的人，却甘愿去冒这个险赌自己的命为他人作嫁衣裳，这不是他的宿命，而是他对生活和生命的态度，是他与生以来的认定和选择。所以，对他这样偏信庸医的做法，多数人惋惜不解。

同样是面对疾病，我们的同学升耀，他的认识和做法就与永宁不同。升耀劝永宁：“面对不治之症，通常有三种结果，三分之一是被吓死，三分之一是被治死，三分之一是因病而死。能做到不被吓死和治死，就等于把三分之二的生命握在自己手中，还怕那三分之一的病魔作怪不成？”大家都认为升耀心态好放得下，也认为他妻子、我们的同学小林做得好，以升耀需要为需要，以升耀爱好为爱好。四五年来，他们相依相随，放下烦心俗事，怡情于山水画笔之间，精神愉悦，身心活跃。对升耀的以身说法，永宁不以为然，还说小林的牺牲是她欠升耀的。我曾当着永宁面问过升耀，升耀笑着说，不是那么回事，年轻时我要到北京画院进修，小林不让去。永宁认为我要是去了，现在就是大画家了，其实去了又怎样？能当大画家的有几个人，当了又怎样？不一定有我现在的生活好。夫妻之间有什么谁欠谁？还不是为了彼此在一起，为了双方好吗！永宁听后一笑了之，不与争辩，不与苟同。一个人对待疾病的态度往往和生活的态度相一致，其实永宁的病不是绝症，更谈不上病入膏肓，却轻易地把自己的生命交给了别人掌控，一个自我失控的生命自然糟糕透顶、危险至极。

永宁对自己的身体和病情早有预感，又有着非同常人般的态度。几年前当他感觉到身体不舒服时，他无所谓或者说讳疾忌医。内心胆怯却又抱着宿命的心态，拖了几年后，真的认识到有病时，又病急乱投医。他说他去了许多医院，但他身边人几乎没人知道他治疗的结果或到底是什么毛病。直到最后，他才说他呼吸困难，肺叶像石膏一样纤维化了，这时他更相信医生那些危言耸听的话和剑走偏锋的医疗方法，他把危险当作冒险，把害怕当作最后的勇敢，用一生的孤独和不自信挑战自己的身体。

我和一些同学早晨七点就在县医院的门前等待永宁，在他从救护车上抬下来那么一转身的转换瞬间匆匆地看了他一眼。他在昏迷中，已瘦得看不出被子下的身体，只有一颗大大的脑袋，像一个横躺着的“吊”字，加之浮肿变形让人猜想不出阴晴的脸庞，插着输氧管的嘴还在翕动，表现出还还魂在人间的生命特征。这是我看到他人生中的最后一眼，一个永远与他色厉内荏、讥笑含羞、狷介矜持、智慧狡黠不相符的生命符号。

五天后，在一个露有片刻阳光的早晨，他选择了这个温暖明媚的时刻追寻太阳而去，之后一天都是阴云笼罩；第二天更是阴雨绵绵；第三天在他遗体火化的时候，天又是一个晴朗的好天气。所以，有人说永宁还是有福的，生在好年代及一个不一般的家庭，走的时候老天爷又眷顾他，给了他一个好天气。他妻子也说，他走了也是解脱，这下我们都安宁了。像一位名人对另一位名人评价的那样，他的离世，脱离了剧烈的痛楚。

永宁的爸爸给他起这个名字是有寓意的，他们兄弟俩的名字里的最后一个字都带着“宁”字。大概他爸爸对人生有自己特别的体悟和解读，又是一位有不一般经历和受过高等教育的才子。所以，他认为男孩的人生重要的是安宁，对二儿子的希望更是要永宁。一语成谶，反其意尔，永宁一生都在寻觅安宁的心境和憩所，一生都没有得到过真正的安宁，忧郁、孤独、恐惧和不自信像连环梦一样时时惊扰他，连走之前都那么痛苦，那么留念，那么让人不解和遗憾；走之后更让同学们朋友们为其伤感，为其思考，这是否就是真实的永宁？

三

我和永宁的认识开始于初中时期，他是从外县的中学转学来的，初中和我二弟同班，高中与我同班，相处不久我们就情投意合，交往密切起来。他家有很多古书，还有国内外的陈年邮票，这对那个时代的初中生而言具有很大的吸引力。我们对他和他家很好奇、很有好感。有一段时间，一放学我和二弟就到他家去看书和邮票，就是那个时候我知道了什么是龙票，见识了中国香港和英国的邮票，知道什么叫集邮。

他家当时住在西大街的一个偏狭的杂院内，记得他们家房子的结构是类似筒子楼一样的长条形平房，一进家门就一间屋一间屋地向里走，记不住总共有几间，但有的地方很狭小，狭小的只能放一张桌子过一人的走道。我们就是在这样的狭窄的屋间看古书和旧邮票，感觉很神秘，好像走进了神奇小屋。黑暗阴森的屋子，让我们既害怕又欢喜，带着小心和恐惧一次次进出，既有刺激感又有兴奋。

最让我们惧怕的是永宁的奶奶，她是那样的冷漠寡言、不声不响，我们一进入永宁黢黑的家时就开始寻觅有亮光的地方，总要问永宁，你奶奶在不在家。看不出永宁对他奶奶的喜爱和关心，但看得出他对奶奶的畏惧和逃避。每次到他家，他都会对我们说，我奶奶不在家，你们不要怕。但每次都会让我们意想不到，或者可以说，怕什么就来什么。她奶奶一定会在我们高兴得忘乎所以的时候，神不知鬼不觉地像影子一样出现在我们身后，而且还会用阴森尖利的声调突然说道，你们在干什么。这一声可以直接把我们送入到梦靥惊醒时。永宁每次都沉默不言，我们更不知如何回答是好。永宁的奶奶倒不再追问，又不声不响地像影子一样躲起来，躲到我们离开时也不知道她在哪里。所以时间长了，这成了我们的心理负担，我们最担心在永宁家时背后的黑暗与响声或无声。我们对“地主婆子”的印象就是这么刻印在脑海里的。我们不好对永宁讲，但我们一些与永宁相好的同学在一起都这么说，“永宁的奶奶真是个地主婆子。”但对永宁我们谁也没有不好或另眼看待。

2011 年的一天，他来我家看我，与我闲聊，好像无意却又是主动地说到了他的奶奶。他说，我的奶奶活了近百岁，一生就是自私，重男轻女。他又说，“我的太爷爷就是被我奶奶活活气死的，在我爷爷去世后不久，奶奶带着我爸爸和叔叔两个年幼的孩子，她怕太爷爷偏心和其他叔爷爷们不给我们家财产，想了个告我太爷爷的办法。她带着我爸爸和叔叔上法庭，让我爸爸和叔叔说假话，说太爷爷虐待孤儿寡母，不给饭吃。县大老爷当庭问两个年幼的孩子，你们一天都吃什么？两个只有五六岁的孩子说，每天只喝两顿稀饭，稀饭里都是菜和水。鬼使神差不知怎么县大老爷就信了，其实都是我奶奶在家教我爸爸和叔叔这么说的。结果，县大老爷责罚我太爷爷，把大部分家产和门面房判给了我奶奶，我奶奶成了名副其实的大财主。我的几个叔爷爷那个气更不要说了，都集中对着太爷爷发泄，不久，太爷爷在内外受气的夹击下死了。”

永宁说，“我奶奶的自私和重男轻女就是她的人生，举个例子，如果家里只有一个鸡蛋，一大家子人，谁都不给吃，自己吃掉；自己不想吃给大儿子我爸爸吃，再有一个鸡蛋才轮到叔叔，之后才轮到长孙，在我们家不管我爸爸在不在世，有好事或好吃的能轮到我妈妈、妹妹和我都是很难的，我妈妈在我们家排在最后。而且我们家的经济大权一直在我奶奶手里，她活了近百岁，自私加智慧的人最经活。我们家看似比别人家有钱，其实家里的人是生活在不同的等级和阶层中，我父亲去世早与我的家庭有关系，我叔叔解放前就去了台湾与我奶奶也有直接的关系……”

一席话，使我对永宁有了新认识，一下子把我与永宁的心拉近了。不啻是他说出这番埋藏心中很久的话是出于对我的信任，重要的是我理解了他的心路历程和性格成长中的磨砺，对他能自我暴露和对家庭文化的反思、揭短由衷地敬佩。在同学中，都知道永宁对家庭的事从来是讳言莫深，与之玩笑打闹从不过问他的家事；都知道他父亲在那个特殊年代自杀了，但没人真正知道是什么原因让他抛弃三个年幼的孩子、年老的母亲及年轻美貌的妻子甘愿决绝人世。学生时代，同学们都感到永宁在课堂上是个不言不语的人，在课下又是个活跃爱玩笑打闹的人；在人多或大庭广众之下你会忘了永宁，他是沉默安静的，在一对一或小众之间他下棋、解数学题或谈笑都有超人的智慧和争强好胜的表现。

他家学渊源有古文化底蕴，他不用怎么用心学习，但学习成绩很好，在那个年代他会背陆游词《钗头凤·红酥手》。一个理科很好的学生，能随口说出“红酥手，黄縢酒，满城春色宫墙柳。东风恶，欢情薄。一怀愁绪，几年离索。错，错，错！”背这么生僻而禁止的词，确实让我刮目相看。直到后来我知道了他奶奶的事后，才明白永宁为什么在浩瀚的古词赋中唯对《钗头凤·红酥手》这首词情有独钟，正是因为陆游与唐婉的故事触动了他感伤家事的心思。她的妻子曾说，他经常睡在床上都背，我都耳熟能详了。

学生年代，没有人感到永宁的不安宁，没人看不起他的家庭，也没人知道他的心思。反而认为他在同学中人缘好，是一个快乐、好学、上进的学生。最难忘的是一年春节，他和唐源、田野三人到我家玩。我的家人都到省城亲戚家去了，他们反成了来陪我过年的人。三个人在我家玩了三天三夜的纸牌，困了就四人同床和衣而睡，醒来又继续打牌，输了就贴纸条、喝凉水，饿了就自己烧点饭吃，一直玩到我的家人们回来。家中杯盘狼藉、肴核既尽、乌烟瘴气，把家中过年仅有的花生吃了个干干净净，丢下遍地果壳，我遭受了父母好长时间的批评和埋怨。在二十世纪七十年代初，这可算是奢侈浪费了。从此，父母给了我大方、舍得、不顾家的评价，我对永宁也有了贪玩、不恋家、重朋友、讲义气的好感。

永宁父亲的死是我们与永宁相处中绕不开、躲不掉的心结，有这层心思后又不敢说、不敢问，越接触密切就越有这么个心理障碍。后来一直到永宁与我讲了他奶奶的事后，我才知道了他父亲死去的原因，并且知道了永宁对其父亲死去的真实感受和态度。

我家隔壁邻居是县中学原校长徐老师家，徐老师与永宁父亲曾经是一个学校的老师，他们两家祖上也有些来往，徐校长的爱人赵老师和永宁的妈妈苏老师一直是同校老师。一次徐校长和我有了一次对永宁家事的深谈，正是永宁和我讲了他奶奶之后，始于徐校长要完善家谱，想我给他写点文章或序什么。他说，永宁的爸爸以前在学校是个很红、很了不起的人，他是历史教师，也教语文和政治，文学底子好，课教得好，在学校的职务是工会主席，是学校唯一的县人民代表大会的代表。

记得有一次他去县里参加人民代表大会，我们全校师生到校门口列队欢送。

后来有一些老师因为嫉妒向校领导提意见反映永宁爸爸的家庭问题。校领导还没怎么地，永宁爸爸先害怕起来，和一位有同样家庭背景的老师约定，于某日某时同时跳楼自杀。结果他按约跳了楼，那位老师没有跳，那位老师什么事也没有，不仅没事还被认为是清白有政治立场的人。而永宁爸爸却惨了，摔伤了腿和股骨，人吃了大亏，在省城医院住了好几个月，学校和老师们虽然没再追究他什么，可他自己的心病加重了。

徐校长说："我当时是刚到校没几年的新教师，与永宁爸爸住得近，平日交往谈得来，所以我劝他，不要再干这种糊涂事了。"永宁爸爸当时伤感地说："不干了，不干了，人吃了大亏，太痛苦了。"

后来永宁爸爸又经历了一些事，又一次走向死亡。这一次他没有选择跳楼类似痛苦有毁尊严的死法，而是选择了一种宁静从容带着悲壮赴死的方式——投塘。

舒城中学是一所历史悠久的学校，是安徽省办学最早的四所中学之一，而且校址的选择非常具有前瞻性：环境美、视野好，建在四野开阔、遍地稻香的乡村；绿水环绕，柳岸亭榭，校园的后面有一口很大很僻静的河塘，岸边有榆柳、白杨和亭台。白杨多悲风，萧萧愁煞人。永宁爸爸在人们午休的时候独自走向水塘的中央，河水泱泱，唯有离人。他这样的诀别大概决意已久，没有半点的迟疑，没有丝毫的牵挂和留恋不舍。

当人们发现他的时候，只能看到他在塘的中央没有挣扎与反抗的沉没。河塘实在太大了，再好的泳者也无法像超人一样及时降临到水的中央，当时有几个青年教师都下了塘，但都没有回天之力救回永宁爸爸的生命。

这是永宁永不释怀的记忆。不知道他所知道和记忆的是否有这些细节和片段，或许他所知道的只是他爸爸的痛苦和困惑，以及他与家人对此经受的心里煎熬和恐惧不安。因为这些方面我们是不敢与永宁交流的，也是永宁始终不敢面对我们同学的。其实我们还是没有真正了解和理解青少年时期的永宁。有人认为在那个时期他是坚强乐观的。也有人认为，他对社会有些情绪和不满。其实，他爱社会、爱社会主义大家庭，他只是不理解最亲的人之间为什么会有冷漠和差别对待，最可依靠的父亲也不是可以依靠的，最慈爱的母亲是那么沉默寡言、逆来顺受，没有反抗和喜爱的表达。所以，他最喜欢上学，上学能够和同学们在一起，尽管他不是好出风头的人，但他绝对是广交朋友的人，和所有能纾解自己内心孤独的人相处交好。

所以，青少年时期的永宁仅是我们大家看到的其外表的与那个社会不太融合的境遇，是他表面上与人相处的融洽和低调，是沉默寡言、不苟言笑却处处透着敏感与机智。我们不知道他内心的真实想法和感受，不知道他对家庭和社会的态度正好是与外人理解的相反。直到最近几年，他才告诉我，他恨他的家庭、他的爸爸。他说，他的家庭很腐朽，像一座历史古墓，透着黑暗、霉气、恐惧。他的爸爸是一个很自私的人；是一个芝麻掉下来也怕砸破头的没有担当的人；是满肚学问却不谙世事完全生活在小我的空想世界里的人；是一个只顾自己一死了之而不管我们一家人死活的人。

当时，我很惊讶他这么长时间才说出这样的话，不知道是否与后来的社会变革有关，与他对人生的体悟和认识的成熟有关。但从他过往的生存状态看，社会没有给他们家更多的压力，世人也没有给他们家不一样的对待和看法，他们兄妹和奶奶也是由政府给赡养费的。

正是永宁告诉我他奶奶自私和害死了他太爷爷的事后，我才获悉了他们家富有的原因。徐校长告诉我，永宁的奶奶是个很能干的知识女性，是地主家的大小姐、大管家，是王家的大少奶奶，奶奶的父亲又是李鸿章家舒城片的大管家。他奶奶嫁到他们王家是给王家冲喜的，因为当时永宁的爷爷王家的大少爷有肺痨，一方面要延续王家血脉，一方面用此法延长大少爷的寿命。结果，婚后没有几年，在有了永宁的父亲和叔叔后，永宁的爷爷便撒手人寰。所以，不是永宁奶奶争夺了太爷爷的财产，其实，是他奶奶自己夺回了自己的财产，这笔财产本来就是她的嫁妆和在王家持家时自己挣下的。

事实上，永宁奶奶也是可怜人和受害人，永宁奶奶给永宁留下的不是她的智慧和财富，而是她的文化和自私，是她封建的意识和旧传统的戕害。在永宁意识不到的时候，只是在心里留着挣扎和孤苦的阴影，当有了觉悟的时候，他首先把痛恨的目标指向自己的家庭，意识到自家文化的腐败和落后，所以他的抗争唯有揭露和批判。让了解自己和与自己相好的朋友知道这样的真相才是抚慰内心伤痕和快意恩仇的最好方法。

四

随着改革时代的到来，永宁有过内心孤傲和外表骄矜的表现，有过要表达和声张的欲望，有过想要而要不到不敢要的烦恼。他需要更多的自由和无拘无束，他有时很骄傲，有时很沮丧，有时很放任，有时很随便，他想活一回自己又心有忌惮。其实他知道，他无法达到他父亲希望他那样的永生安宁，他安宁不下来了，更主要是他对所谓的安宁有了不同的理解。就像命中注定一样，他在走他父亲的老路，他相信人生宿命。他们家祖孙三代的男性都有肺的毛病，爷爷和父亲的寿命都不长，他开始对人生和生活迷信起来，越到后来，越是胆小，越是害怕，越是孤独。

永宁是我们同学中恢复高考后的第一届大学生，在那个被称为天之骄子的一代人中，他没有表现出过多的喜形于色，可能是内心已经不那么平静，但外表还没有明显表现出来。我刚复员回城，他刚大学毕业，他来看我，还是老样子，不适应人多的场合。见来的朋友同学多了，挤了一屋子人，他就坐不住了，头上开始冒汗，说屋子里热，一个人悄悄地坐到屋外。我怕他感冒了，又悄悄地硬把他拽回屋里。他是不喜欢、不适应这么正式地坐在一起的说笑方式，其实当时的气氛是有些热烈，但天气绝对是寒冷的。老家的冬天是难熬的，有人说，室内没有暖气，二十四小时在零下中忍耐，能展腰舒体浑身发热的人一定是心火很重。

后来，永宁和大多数同学一样，工作、结婚、生子、过日子。他在城建局设计室搞建筑设计，他有这方面的智慧和天赋，又是学建筑设计专业，工作上可以说顺风顺水，很快就在县城里小有名气。在城市追求建筑繁荣的时代，在建筑崇尚高大新标志性建筑时，人们的追崇和需求完全看着高处和显眼的地方。这时我不光听到永宁的名字在建设者和开发商中口口相传，而且也看到他设计的建筑一座座在城里展现矗立。

这个时期我与永宁时有见面，但交流不多，都是匆匆见面又匆匆别过。当时彼此都抽烟，他总是对我递给他的红塔山或阿诗玛不屑一顾，总是穿着随便，不修边幅，嘴上叼着烟说，抽我的，抽我的，递上中华带着俏笑说，你还抽那个。有时他也会掏错了腰包，摸出一包红塔山或阿诗玛来，好像他那从不穿西服的兜里都是烟，自己也自嘲地哼哼笑了，都是包工头、打牌人给的，我不抽，留着再给他们抽。

再后来听说他下海了，办了公司，风风火火一阵子；不久又听说公司解体了、倒闭了，自己又独自办了几个公司，整天忙得不归家，而且抽烟、打牌很厉害，可以与那些建筑商包工头整夜关在小屋子里打牌抽烟，屋子里的烟从门缝或窗户里冒出来，像屋子里失了火。

我在北京时，我们的联系主要在我回来他请我或我请他的饭局上。有两件事令我印象深刻，一件事是饭后他要用摩托车送我回家，我执意不肯。虽然他不喝酒，也不能喝酒，每次只是象征性地闻一闻、舔一舔；我也知道他驾摩如飞，像西部的牛仔。但我不习惯骑摩托，并且认为摩托不是安全的交通工具，更不愿意让别人骑着带着。我对他说，都二十一世纪了，你也要改一改、变一变了，你是骑摩托办公司最早的人，要有新的形象，要开四个轮子的轿车了，你毕竟不是土包子暴发户。大概这个话对他有些刺激，之后不久，他买了一部丰田轿车，再不久又给儿子买了车，又几年又给妻子买了一部车。之后他对我说，我现在一天都离不开车了，让他们都自己开，省得我给他们当司机。

还有一件事是他来了北京，我开着车陪他转转看看，带他上了中央电视塔，请他在塔上的旋转餐厅吃了午餐。我知道观瞻这个塔对永宁意义很大，他是搞建筑设计的，又几十年一直在县城里不走出来。果不其然，他当时眼睛都亮了，站在塔顶的观景台上看着北京城，那环环相绕的公路和纵横分明的城区，那高楼和城池亭台、园林，远视其星罗棋布大格局，近视其密密麻麻如豆介蝶虫的人和车辆。他震惊了、凝固了，好半天才回过神来对我说，这是在图纸上画不出来的设计，这个世界太大了。之后我们进入塔内参观，走在环形的观景走廊，绕塔一圈环顾塔外的东西南北，外倾45度的全面钢化玻璃墙面，既可全视角看到塔外的天地，又有居高临下腾云驾雾的悬空飘浮的感觉。还有那一根根撑天立面可以伸缩的伞形大钢柱，永宁看了又看，摸了又摸，他不仅仅是惊讶，有他对科学技术和人生世界的体悟和理解。他大概触动颇深，只对我说了一句话，我这次回去要好好干一场，连事先说好的晚饭都没有在我这吃，他要回宾馆，要明日就回家。

这一次他对我说要好好干一场，在之后的发展中我看到了他不再以设计为主了，不只是在室内画画在工地现场看看指指的技术专家了，而是把主要的方向改向了建设、外包工程、房地产开发、圈地买地、建房租房。他围绕着建筑业，什么赚钱干什么。他真正成了一位大老板，走与工农相结合的路子，和工农打成了一片。

这一次我回去后，他请我下乡钓了一次鱼。他刚买了一部客货两用的工具车，还不敢自己开车上路，我给他当司机。我们到了他当初下放的农村，山冈旷野，远村雾树，禾青茅长，鸪鸣鹭立，在一个四面稻田的中央，有一口号称村中水库的河塘，好一处我与天地相合、万物不扰我心的静地。永宁对我说，我们就在这自由自在地玩一天，中午也不要到村里人家或镇上饭店吃饭了，我找了一户人家，是我当初下放时的好朋友，让他们家做几个菜，一会就送到塘堰边来。

饭菜是村妇用竹篮子提来的，有咸鸭蒸黄豆、红烧土仔鸡、青椒炒茭白、水煮小白菜，没有了当年的瓦罐糊锅巴汤，但换上了瓶装啤酒，还有香喷喷的柴锅米饭外加焦黄的锅巴。我们盘坐田埂，野餐露饮，又似回到田间地头男耕女馌的下放年代，真正的三十多年前的味道。早已不觉得艰苦，反而觉得少了彼时的热闹，多了此时的清冷。真没想到，永宁他不会钓鱼却如此有钓者的情怀，从没听他说过在农村的状况，他却如此眷恋着农村这样自劳亦闲放旷逸性的口子。可以看出，他和农民相处得很好，喜欢田园的自由自在及集体劳作的热闹欢愉。

五

永宁在其人生的最后十年，事业、人生和思想都到了新阶段，他从一个沉默寡言的人变为一个活跃至极的人，从坐办公室的建筑设计师变为一个走向市场的经营者。他与同学们的交往也明显多起来，呼唤旧朋，宴请同学，他怀念和他早期相处的朋友，甚至小学的同学，他同情那些处境不太好的同学和朋友，而且肯出手帮助求助于己的人。他不再整夜不归地和那些不相干的人关在小屋子里乌烟瘴气地打麻将了；他把几十年丢不掉的烟也戒了，光明正大地和几个要好的同学在固定的时间里玩牌、吃饭、聊天；他不定期地请小学、中学、高中的同学吃饭、打牌，请人的范围和人数逐渐扩大和增多，还常常不忘记请小学、中学的老师们吃饭。

我只是一直没有看到或听说过他与大学的同学和工作单位的同事的交往和吃饭，连提都没有听他提过，好像在他的人生和记忆里这个时段是空白的。所以，我不知道他在大学里，在我们这代人最为值得骄傲和说道的这个阶段经历了什么。也可能这段经历像流星一样没法记忆，也可能是他太注重别人的感受而不言与人无关的事，也可能是因为他没有遇到合适的人和合适的事而没有谈起这段往事的兴趣；也可能他对此就是无话可说或不堪回首。除此之外，在这十年他可是放开了许多，再不会“夜深或梦少年事”，“别有幽愁暗恨生”，外人已经看不到他需要藏着掖着的心思和不快了；他把那些心思和曾经的爱恨都断断续续地告诉了他需要告诉的人。我知道有些事他之所以没说，正如有些隐私有所谓的保密期那样，时间未到，时间到了他必然自我揭秘，没有什么家丑不可外扬，因为永宁就不是一个想保密的人。

未曾想到他这么早、这么突然地离开了，带着他的愿望和遗憾离开了他依依不舍一生都不曾离开的城市。

在他人生最后的十年既可以说他活得是他原本的自己，也可以说他活得有些反常，有些表演，不太像他自己。他开始喜欢热闹，在不论是他请人还是别人请他的宴席上，他都成了活跃有趣的人，成了我们家乡话说的“嬉戏宝”，只要有他在场的活动总会把气氛搞得热烈起来，让人有些留念，有些难忘。他会说起童年的一件往事，会给某某起个非常形象而幽默的绰号；会猛然称呼几位同学很小时候的小名或乳名——大宝子、二孩（xia）子；会生动调侃地比喻说这顿饭是吃了人家多少“粪桶、粪瓢子”——因为请客的人是生产粪桶、粪瓢塑料产品的人；他会善意而不失严肃地开着同学的玩笑。我们当然也会和他开玩笑，说永宁请客，大家不要有负担，都往好里吃，他财大气粗，不吃真的白不吃。我们开玩笑的时候，永宁哼哼直笑。我们只知道这个时候的永宁是开心快乐的，但很少人知道他这个时候是在自娱其乐，其实他的内心不安宁，人也很累、很烦。

他的公司摊子铺得太大，又没有精力或者说没把精力都放在经营上，所以从外表上看，公司、房子很多，生意红红火火、轰轰烈烈，但其内心已焦急如焚。他有一次对我说，他妈妈对他说，孩子，什么时候看到你不这么忙，能安稳地在家吃顿饭，我就心满意足了。说这话时永宁有些无奈沮丧的表情，我深表理解。对一个单打独斗、表现自我、好强又好心的人而言，在这个处处陷阱、人人竞争的环境中，可以说要多难有多难。我对他说，好歹你有一个专业又有很好的技术，但不好在你又偏离了专业又无所谓了技术。后来，有人告诉我，有时债主上门不吵不闹，都是些来路不明、坐在家里不给钱不见到永宁就不走的家伙，让深更半夜中的老母和妻子实在害怕，于是满世界打电话找永宁。这个时候永宁已经不得安宁了，可以说是在到处躲麻烦了，有人说他为人担保放贷赔了近千万元。但这些仍然是大家道听途说，从外表上看仍然看不出他的不快和焦虑，仍然是照吃照玩，仍然是忙忙碌碌。

永宁对母亲是孝顺的，他对我说过，不管是谁，即使是妻子或兄妹对我母亲不好，我也会对他们不客气，同样他也说过，对老人也不能什么都依着。我从北京回来他常常会在饭桌上问我或是劝我，“孔子曰‘父母在不远游’。”尤其是我父亲去世后，他对我说这样的话次数更多了，我总是跟他说，孔子这句话后面还有一句话“游必有方”。这时他就不说话了，而会表现出深思状。我知道他一生基本上都没有离开过县城，没有离开过母亲，除了他在省城上大学的四年和最后换肺治病的半年。结果还是事与愿违，他想做到而没能做到。据说，后来几年，可能是因为家事，也可能是因为母亲再受不了永宁的劳累和看他的艰难，才要求离开永宁，先在省城合肥居住的女儿那生活了一段时间，又回到县城独自居住在永宁为她买的寓所里，一直到永宁去世家人也没敢告诉她。想想他和他母亲这一生的凄苦，是如此相同，每次亲人之间的分别都是如此的不能说、不敢说，都有着意外的打击和伤害，都有着不可与外人道的痛楚。

我和永宁最后失之交臂的交流是在他去世前的前四个月，那是夏天的一个中午，小平到我家来，把我从午睡中叫醒，说他刚从永宁家来。我问小平："永宁在家吗？"他说："刚走，去合肥治病。"我有些惋惜地说："你既然去看永宁，和他聊天，为什么不喊上我？反正我已午睡不成。我去美国至今已有大半年没有见到他了，只知道他在合肥治病，不知道他回来了。他怎么样呢？"小平说："他病得不轻，我敲他家门，他走路困难，很久、很艰难地开了门；他戴着呼吸机说话如常，见到我去很高兴，精神还不错，就是没有力气。他对我说，'想请同学们吃饭。'我对他说，'你都这样了，戴着呼吸机自己又不能吃，怎么请大家？’他还是那个一贯想哪就哪的口气神态，哼哼笑着说，‘我就这样怎么不能请？我看着大家吃！’到底是心强力不佳，我劝他等等再说，这次他没有像往常那样说一不二，我们聊了一会，他一个人开车去省城治病去了，他走不动路但开得动车。”

虽然我没有想到他四个月后人会殁了，但我还是非常遗憾地对小平说，这是个难得的机会，他有心情请客，戴着呼吸机也要和同学们见面，可见他把什么都放下了，可就是放不下寂寞和孤独。把情意和热闹看得比面子和尊严重要的时候，是人生孤苦和绝望的表现。我知道他思想丰富、情感苦涩，我知道他一直对自己的身体缺乏信心。几年前他对我说过，“我活不久，不得长寿。”我很惊讶，问他，你身体有什么毛病吗？他说，没有。没有的话，为什么这样想？他说自己的身体自己知道。我才知道喜欢请客喜欢劝酒喜欢给人倒酒而自己从来不喝酒的永宁，其内心活动状况的另一面。其一面是幽默机智，另一面则黯然神伤。用这样的方式弥补与人共情的缺失，换取对他人内心情感的了解和融通。凭他的聪明和敏感他对人生的思考一定很深很细。人生的快乐和幸福在哪？人生的奥秘和安宁在哪？他应该想得更多。

只是没有想到，他最怕的、最受其一生困扰的孤独，却发生在其生命的一始一终。那是他生命最后时刻的四十多天；是他自己选择的寄予希望看到光明走出迷茫的死亡之旅；也是他一生最黑暗、最悲苦、最清醒，大概也是思考得最多的日子。他把其一生都想透了，想明白了，但他不能说，也是没有能力说出来。没有人认为他能从那个隔离家人、远离正常人生活的小屋子里活着走出来，唯有自己作最后的煎熬和抗争。一生都没有这么明显地对抗过自己的生活，他最后用四十多天的孤独和抗争给自己的生活画上了自始至终原来如此的句号。

我知道永宁所希望的生活和他父亲所希望他的生活一样都是为了一生的安宁，但这个所谓的“永宁”绝不是仅其一个人和一代人所希望或争取来的。它是人心的感受和承受，是一人一家一社会的文化和传承，是对社会人生的理解和态度，是对社会、对他人的热爱，也是我们一代代人的追求和理想。

我对永宁一直有着期待，始终以为他有要告诉我的话而一直没有说；他可能一直在寻找机会，他总想着来日方长，而等待的结果却是意想不到生命阽危的遗憾。我希望他说出他父亲的不易和认识的局限，希望他对其父亲的理解和原谅，对他奶奶他也会说出正是那个社会那种文化的结果。这样永宁就真的放下了，真的达到自己的理想境界——宁，这个“宁”字要比儒释道三教合一的“敬、净、静”更进一层。

无安哪有宁？究其一生，安全感是永宁和其父亲一生的困扰，殊途同归，他们父子都因人生安全的信与不信而死，都是受其一脉相承的文化影响。永宁是信而求生，死而不甘；其父是因为不信而赴死，以死求安。只是永宁比其父亲多了些经历，见识也多广，对安宁也有自己的理解。他反思过，也否定过，对家庭和父亲都有比较客观的批评。假如他从开始就不在乎，看得开，放得下，他会是什么样呢？一定不是我认识的永宁，一定不是他这样的生活与人生。人生的每一步都是自己走的。

人生中的安宁究竟是什么？每个人的理解不同，每个人的态度也有差别。其实，生离死别、艰难困苦、风雨星辰、荣华富贵、清贫简朴既是人生常态，也是人生的价值追求，都是自自然然的生活经历，既可看作安宁，也可认为纷扰，唯一的是自己的内心如何对待。心宁则风调雨顺、雷霆不惊；泰山崩于前而色不变；麋鹿兴于左而目不瞬；荣华富贵危亡兴败，无动于衷不在意心术历炼功德修养，唯有人生态度和追求如一。永宁不是不明白这个道理，也不完全因为需求，而是因为心性，所以他静不下来了。在青少年时别人都认为他心有不安，他却安然处之；在中壮年时大家都认为他最为心安理得时，他却不安于现状，不满足于已然；终了时他即使知道与安宁越走越远，但他回不去了，他不是不想而是不能。正如其所料，他最怕的是安静和孤独，还是怕什么来什么。

孤独可以点燃思想，也可以湮灭智慧。孤独者特立独行，自我的世界很大，外面的世界很小，不是不入流，而是跟不上主流，与安宁较劲，对喧嚣置若罔闻。

其实在我们的文化和人生中都有甩不掉的轰烈、不安分的影子，都有想要发生的事就必然发生的心理负担，都对安宁缺乏客观认识，都会有坐不住和孤独的时候。很多情况下是我们自己安不下心来，无法安下心来。生活如洪流，我们唯有向前，既不知前方的路，又无法安然止步。

六

呜呼，永宁！幸哉，永宁！言有穷而情无尽，人的生命有限，而对人的认识是没有止境的。人生之最大幸，莫过于被人相识、被人理解，人生最大的悲哀，莫过于无人知，甚至连亲人都不理解。所以，我告诉你我所知道和想对你说的一切，我知道这些都是在你生前我们彼此想告诉对方的。我还要告诉你两件事，让你在天之灵得以欣慰。在送你走的那天，我们同学去了四十多人，占了送行人的一大半。你喜欢静静地走，没有打扰、没有世俗地达到安宁，同时也需要与你生前同欢乐无欲求不名不利相交往的同学们来送你。同学们知道你的心思，也依依不舍让你那么孤单地走，所以都自发地来了，有的从上海赶来，还有一位是你在金寨山区只有一年相处的小学同学也来了。既有你需要的宁，也有你希望的欢。

在你走后的第一个清明之际，同学们又想起了你，到你的坟前看你、祭拜你，让你的灵魂安息。你应该满意了，应该感到此生值了。我虽然在美国没能去，但我的妻子、我们的同学云霞去了，我时刻与她保持联系，关注他们去祭拜你的行程；我一夜都坐在电脑前写这篇关于回忆你的文章。我不仅希望同学们记住你，更希望所有追求真生活的人们了解和认识真实的永宁，希望我们这些有过共同时代经历的人，知道永宁的真实所在。

2019 年 3 月 20 日

又是一年清明时

清明到了，我行旅在美国，没有办法像往年一样回去扫墓。父亲的墓时不时地在脑海中闪现，那是最为普通的墓，普通得远远跟不上墓地的发展，稍不留神，唯有沉吟："父亲在哪？"

"丧事从简，不要下跪"是父亲的临终遗嘱，"移风易俗，无奢无华"是他的心愿，他的灵魂留在了明月夜，短松冈。如今墓地的高楼比山冈还高，有了一区、二区……，分了A、B、C等级。每年清明节更是车流如潮，人声鼎沸，如过节一般热闹。

墓犹在，情非昨，息地不宁，人何以堪！"不思量，自难忘"，思念无法回到旧时，倒不如远离故乡的清明，在旅途中胡思乱想。

偶然看到一片绿色的墓地，地似海，碑如帆，宁静，温暖，养眼。墓地与人居毗邻，又远离喧嚣，要不是那些碑，竟会令人以为是高尔夫球场，阳光普照，春意盎然。让人一下从生命的此岸看到了彼岸，大千世界被浓缩凝聚在一块平等无欲的净地，生和死相距很近，灵魂回归安息。死生亦大矣，令人欣慰。

这一路，看到了太多的墓地，都在城市或交通的明亮处，俨然是城市的一道风景线，人生旅途的站点。

在印第安纳州的圣母大学，墓地建在校园里，高高的路灯照着墓地一圈，长长的靠背椅围在墓地的四周，师生们闲心静气，坐在那里休息或读书。从宽阔笔直的东边大道进入学校，没有校门却有这片肃穆相迎的墓地；抬头西望，看到学校最高最神圣的标志建筑——圣母教堂。夕阳西下，钟声悠扬，墓碑沉沉，学校如墓地一样安静，墓地有课堂的书声。

还有一处墓地如花圃，不见碑，不见坟，不见路，不见人，满坡遍地，百花盛开，一支支花从草坪里伸出。“且向花间留晚照”，月升日落皆有情。细看会发现每枝花下有卧倒的石碑，被绿茵覆盖，方砖大小，似门牌；一枝花一座墓，花插在固定钢管里。原来是绢花，四时艳丽。

去年清明，我在回家的路上，“过春风十里，尽荠麦青青”，江淮大地，菜花黄，麦苗青，好看是好看，却不完整。在黄一块青一块的田原上，凸现了一座又一座的孤坟，如留在头上的疮疤，划在心口上的伤痕。

我想，农民们太看重土地了，却不会珍惜土地，几百上千年了，争田夺地，分分合合，你死我活。人走了，还要把土地占着，把一亩三分地守着，命根子啊！

有位建筑大师说过这样一句话，看到一座城市的建筑，就能知道这座城市的人们在想什么。那么，看到这些墓地，我们又能想些什么呢？

每次远行我都要去墓地和父亲告别，每年过年我都要回去看看父亲。父亲有知，清明人太多，他不喜欢，怀念在心不在清明。

握手在父亲去后

我是眼瞅着父亲的心律图像由乱跳到逐渐变弱，再突然缩成一条耿直的直线，一条冷漠似箭的直线，父亲也形同直线一样无声无息地走到生命的尽头。父亲的手正被人用丝线缠绕。

看着父亲的双手被相交地放在腹部，我是生平第一次这么近、这么专心地看清了父亲的双手，一双陌生而平常的手。我有了要握一握父亲手的想法，我一生都没有摸过或握过父亲的手，当然也没有父亲牵过或握过我的手的记忆。

我和正在给父亲穿衣整装的入殓师傅说："我可以握一握我父亲的手吗？"入殓师傅说："当然可以，你握吧，你爸爸等着你呢！"师傅一脸期盼和动容的表情。

我的心情有些悸动，也有点异样，但要握要摸的冲动使我有了忘乎所以不顾一切的勇气和力量，我几乎是在不太清醒的意识支配下，双手握住了父亲的两只手，先紧紧地握住，又用左手托着，用右手抚摸了几下。这些动作几乎都是在无意识的支配下完成的，不然就不会自然地放下，一点也没有让别人察觉，甚至没有想到让我的兄弟和其他亲人也摸一摸。我们这一代和上一代就是这样连手都没有拉过、没有握过就度过了一生。

全当是父亲睡着了，我握着他的手，希望他醒来。我握着他的手又不想打搅他让他知道。我的心有袭袭寒冷，我神情紧张，内心悸痛。我知道这是我和父亲一生中唯一的一次握手，也是我唯一想到和有机会的一次握手，是真正的握别，准确地说，是有生命与意识的我握着无生命与意识的父亲的手。

这是一双柔软纤细的手，这是一双感觉不出力量和温暖的手，这是一双握过无数人又给无数人送过温情谢意的手，这是一双会打算盘并被人人赞羡为心灵珠飞的手。我看到的是岁月风霜的痕迹，留有烟熏火燎的黄癍，一双非常普通、非常陌生、非常吸引我的手。

在一个以握手示好传情的民族中，父亲这双手被无数人握过，因为他打得一手好算盘。他是旧社会米行的学徒，会打算盘的朝奉；参加了革命工作，好算盘有了用武之地，父亲成了解放初县粮食局的会计股长。“春种一粒粟，秋收万颗子。”粮食的丰收与父亲的锱铢心智，巧手算盘都让人们欣喜振奋，父亲成为劳模，人们都以和父亲握手为荣，要沾沾喜气。正像有人告诉我的那样，老书记打算盘那双手在跳跃，报数的人跟不上算盘珠子动，只见手在算盘上晃，听不见算盘珠子响。

父亲当过粮食局局长、工厂厂长、区长、区委书记及县直辖镇党委书记，与各色人打过交道，与工人、农民、军人、市民、领导、学生、商人各类人握过手。父亲这双手能做他工作上的一切事情，能在与人握手示好、致谢言和中解决他工作上的问题，把底层党组织和政府的关怀与温暖送给人民群众。抗洪救灾，访贫问苦，救死扶伤，解困答疑，做工种田，无不是用他那双经历过烟熏火燎的黄迹斑斑的双手，先握一握手，再递上一支烟，给人点上，工作周到细致，顺风顺水，水到渠成，事半功倍。

父亲这双手不会做家务，不会为子女做一切体贴入微诸如穿衣戴帽的事情，不会给子女亲昵爱护，做出诸如抚摸拥抱牵手相握的表示。但他对子女的爱同样细腻深隽。记得在我下乡务农的头一年，乡里发大水，没有吃的。父亲一身泥泞冒雨步行几十里到了我们知青组，问我们有什么困难，帮我们购买烧锅稻壳，又不吃不喝离去。

二十世纪六十年代初，二弟养在农村人家，家里听说农民家没有吃的，二弟快要饿死了。父亲当时是县粮食局的副局长，却没有用他这双权力之手动用一粒公家的粮食去救二弟。最后还是朋友帮忙，借给父亲十斤大米，父亲陪着母亲把二弟接了回来。来回走了五十公里的路，大概他这双手没少抱二弟，可惜我和二弟都太小，没能意识到。

我似乎感到父亲这双手有了生命力，不是我的手在颤抖，也不是我的错觉或因为父亲手的陌生感，而是我真的不相信这双手在这么快、这么短的时间里会和我们分离。我感觉就是这短暂的一握，不仅了却了我的心愿，更是胜过了一生的牵手和爱抚。其实我们为父亲所做的实在太少了，几乎为零，也不是我们没有想到或去做，而是他从来不需要，总是用他这双看似瘦弱其实坚韧有力的双手阻止我们，为我们做这做那。

一刻钟前父亲还是好好的，省里请来的专家说父亲身体的几项常规指标基本正常，建议用呼吸机，将插管式输氧改为护罩式吸氧。父亲还和省里请来的专家握了手，特地倚坐在床头，等待他们会诊，很郑重地说出："谢谢！"医生和专家离开病房时，他同样直坐欠身向他们挥手再见。

父亲对我说的最后一句话是，要好好招待专家和医生。我陪着专家到宾馆的包间还未落座，医院就来了电话，说父亲危险了，血压都量不到了。

等我们匆忙赶回医院时，父亲已经双目紧闭，身体软绵，无声无息地赤裸着上身仰卧在病床上，床上空荡凌乱，被子已被全部推掉到一边的地上，父亲孤零零的，看不出任何生命特征，一屋子人都束手慌乱地围在床边。

主治医生和专家都卷起了袖子投入抢救工作，两人轮流用双手压着父亲搓衣板一样的胸腔，医生的汗都出来了，父亲却一声不吭、毫无反应。我不忍心医生们这样反复无助地对父亲做毫无作用的胸压，我也不忍心看着父亲被加压起搏器猛击胸腔一次次地抖动，我焦急地看着心律仪器视屏上的图像很不规则地一跳又一跳，很弱，我的心跳也乱了。

父亲和我的双手就是在这么短暂不觉的一刻钟后，发生了一生中都没有想到或不会做到的改变，就这样在生离死别中相握了，就这样完成了彼此从未表达的心愿。

这时我才知道问题出在戴输氧护罩上，医院的医生从来没使用过呼吸机，既没有人说不会用，又都自认为会用，好心和自负也会犯错误。拔了氧气管的父亲又被不通氧气的呼吸罩闷着，反复试戴了好多次，本来就呼吸困难的父亲，又加上一生对人充满信任，终于信任到不能再信任为止。

父亲死于好心的一双治病救人的医生之手。医生的手是灵巧智慧的，但再灵巧智慧的手不端正态度，虚心好学，也有笨拙或失手的时候。凭着父亲为人处世沉默低态的品性，凭着父亲一生对人都是伸出热情温暖的双手，我们没有责怪医生，连一句追问的话都没有说。反而遵照父亲的遗嘱，委派人好好招待了医生。

我们这样做连我们自己都不很明白是否尽了父亲的心意。我握住父亲的手，在心里把这些话对父亲说了，用我这双充满理解和愿望的手传到他怎么也捂不热的手上，我希望他能知道，他能安息，我们是懂他的。

父亲是个内心情感细腻丰富而不善于外露言说的人，是对外亲善、对内严肃冷峻的人，是疏近亲远、严待自己、厚待他人的人，是踏实耿直、忠诚守信、不损人、不利己、不处处炫耀、表现自己的人。

我慢慢地放下父亲的双手，让它交叉静静地放在父亲腹前。“握之不盈，传之弥久。”这不仅是我对父亲那代人的理解和祝愿，大概也是我们这一代人与整个上一代人之间的理解和祝愿。懂得父辈和理解晚辈，正是我们这代人与父辈们始终寻觅的亲情路。

垂钓人生

现在的垂钓与过去相比有了根本性的变化。现在钓鱼很容易，找一家养鱼塘，讲好价钱，就像捞鱼一样，一条接一条地将鱼从塘里请上来。

鱼儿真多、真大、真鲜美，只要不心疼腰包里的钱，你会是世界上最出色的钓鱼者。不是你的钓技高、心态好，而是养鱼的人想尽了法子要让你少费劲多钓鱼。他们给鱼喂含添加剂的饲料，喂人畜粪；他们买大批鲜活的鱼放入塘里……，使塘里的鱼多得像荒漠中的沙子，饿得像冬季草原上的狼，不要说是用穿着饵料的钩儿钓，就是你伸个指头鱼也要咬你一口。

在北京，我到公园散步，看到许多钓鱼的人一边做钓翁一边做鱼贾，大概是花自己的钱过垂钓的瘾，鱼钓多了心疼钱，就厚着脸皮吆喝着卖鱼；而那些衣冠楚楚、鱼肥篓满者肯定花的是公家的钱或别人的钱。在家乡，也有朋友请钓鱼，有自掏腰包的也有利用职权的，利用职权好像是层层打电话，手机电话打到鱼塘边。那些被请的人少不了拖儿带女，攀亲邀友，浩浩荡荡下乡而来，自然一派人欢鱼跃、天高日闲的融和景象。请人的人很高兴，有面子；钓鱼的人也高兴，有收获；养鱼的人更高兴，自家鱼塘，人财两旺。因为公家的钱好使，大家情谊融融，形成一个垂钓的圈场，算得上是“利益共同体”。

垂钓的好处本是健体、养心、修性，没有一定的心境和心志的人是不能真正体会到垂钓的快乐的。柳宗元“孤舟蓑笠翁，独钓寒江雪”，那是一种寂傲坚韧的品质与信念；杜甫“闲来垂钓碧溪上，忽复乘舟梦日边”，那是一种不甘沉寂、心静志远的性格与理想。姜太公钓于渭水，而知天下之事；庄子钓于濮水，而知鱼之乐；严子陵钓于富春江，而有高风亮节之名。古之善钓者，皆醉翁之意不在酒；而今之喜钓者，皆为鱼而不为渔。古之人心坦诚，钓则必隐身静心韬光养晦，今之人心浮躁，钓则必赤膊上阵直捣鱼穴。所以，面对“曲港鱼跳，圆荷泻露”这样的春波秋水，以及“好风如水，清景无限”这样的富饶田园，还有那男耕女馌，鸡鸣狗跑的农家生活，今之钓者却能无动于衷，不看在眼里。

记得三十多年前，每当明月如霜的周六晚上，我们几位垂钓爱好者，总是太兴奋，第二天总是起得很早，骑车跑三十多里路，到村头水边时，庄上人家还没有起床开门。钓一天的鱼，要跑四五十里路，站十多个小时的塘埂，穿越数个村庄，时而在农家搭伙；时而一天不吃不喝。穷而后工，我们钻研钓饵、钓具，研究河塘、水色、天气、风向等，还总结一些口诀，如“春钓埂夏钓井”“金岛、银边、元宝湾”“要钓人之所未钓，到人之所未到”等。钓鱼从不失手，每当在收竿回家的路上，朋友们会把一天的收获拿出来比一比，当然结果也总是钓得多的要分一些给钓得少的。这是一种真正的“安自宜乐、闲自宜清”的体验，是对人生最自然、最原态的生活的追求，是非物质、非功利的艰辛与快乐，是竞技与友谊、精神与心体的享受。有劳与获，有见与识，让人的心灵既丰沛又滋润，是我理想中的垂钓人生。

每当看到那些家长带着自己的孩子在养鱼塘里钓鱼，我就有莫大的悲哀和惆怅。很显然，在养鱼塘里除了钓到鱼之外，还有沽名钓誉、养尊处优、不劳而获、坐井观天，还有钱是好东西……小小年纪学不到垂钓的那份耐心，那份静气，那份收获后的艰辛感受，学到的是好钓、好玩，花钱就能买到快乐。

我第一次带儿子去农村钓鱼，是他九岁读小学三年级的时候，那是有着真正野趣的野塘野钓，在一道很长很长的圩堤下面，水圩子连着堰河，河岸边是丛丛的茭瓜草，河里菱秧浮荡，荷叶亭亭。我为儿子选好位置，教他怎样扶竿静心守候，一会儿，他突然跑到我面前，一脸惊奇地指着一位同龄的农村小朋友说："他在吃生茭瓜，在草丛中掰下洗都不洗，剥了皮就吃。"我告诉儿子，茭白是可以生吃的，我当初下乡时也生吃过，在农村像藕、菱角、黄瓜、豆角……都可以生吃的，农民常把它们当水果吃。看着儿子满脸的疑惑，我只好叫那位小朋友和他一起钓。不一会儿，儿子又大叫，说是在脚下的草丛里发现了兔子，要我一起捉，我转头，果然看见一只灰色猫腰状的兔子，两眼惊恐，小嘴一撅一撅，儿子正猫腰慢行向兔子靠近，我放下钓竿说，这样不行，要猛追急撵。跑得比兔子还快，还是逮不到兔子，儿子失望地久久望着兔子跑得无影无踪的地方，半天不动。我对儿子说："看来小猫钓鱼的故事是真的，这才一会儿，你就弄出这么多事，人要专心还真不容易。不过也好，总比在课堂上，不知道什么叫专心要好。"

现在虽然还有人常常回忆我和朋友们那样的钓鱼人生，但现实却说不了。自然的河塘干涸了，村庄也冷清了；多数的垂钓者不再有了那种吃苦也乐的平心静气，不愿意再过那种能输能赢的生活。竿儿悠悠，鱼儿多多反使垂钓者们乐而忘忧，心情真正地好起来。钓鱼场成了一个无形的磁场，有万钧的引力，使喜欢钓鱼的人和不喜欢钓鱼的人慢慢不能离其左右。

人生有了垂钓的心态与垂钓的追求，人人都是垂钓者，又都是收获者，人人都重在结果，不论过程。这些已经与真正的垂钓无关了。等到垂垂老矣，人们或许才知道是自己钓了自己，自己被钓了。

跑步是一种精神

美国人爱跑步。从夏至秋，经常看到身着短衫、短裤的人在公路上长跑。我行立于秋风细雨中，忍不住要回首望一望那些体魄健康的跑步人。

儿子告诉我，他去新泽西看望老师，老师正一瘸一拐地走路。问他原因，他说刚参加了美国在芝加哥市举行的全民马拉松运动会，跑完了全程，用了四个小时。我很惊讶，一个中国人，数学家，大学教授，从一个城市到另一个城市去和美国人跑马拉松，还有这样不错的成绩，且跑得连走路都不方便。这说明老师是为了爱好而跑，也是凭着数学人的执着和缜密个性而跑。我始终与老师缘悭一面，因此更加敬佩他。

儿子又告诉我，老师参加的这次马拉松运动会中发生了三件事：第一件事很悲壮，兄弟俩都是这项运动的佼佼者，曾经用三个小时跑完过全程。而这一次，当兄弟俩跑到终点时，意外发生了，哥哥慢慢倒地而猝死。第二件事很豪迈，有一对夫妇，在刚起跑几公里后，夫人毅然退场了，丈夫却坚持跑完了全程。究其退场的原因，其实很简单，是她认为此次无法打破自己创造的纪录，要准备下月在亚特兰大的全民运动会上再创佳绩。第三件事很惊喜，有一个孕妇，叫安珀米勒，已到临产期，非坚持要参加这场马拉松的运动会不可。医生也坚持说可以参加，等其跑到终点时，小生命也呱呱落地。

三件事件件让人感动，让人很受启发。哥哥的猝死，不是他能预料的，但他从心底对这项运动充满热爱和敬重，是一种不屈和勇敢。他倒下去的壮烈一点也不亚于昔日的菲迪皮茨，同样是带着胜利的微笑和呐喊。尤其是在今天的现代社会，他对长跑运动的诠释和践诺堪称不朽。

该孕妇的行为已很难用勇敢、坚强、自信等文字来赞美她，用一种平常和淡定的心来弘扬马拉松精神和体验母爱的伟大，一位最平凡的人却有着最非凡的勇气和梦想，从而诞生了一位真正的马拉松式母亲，并给艰辛而枯燥的长跑运动带来新生和欣喜，赢得了一路“孕妇，加油！”的喝彩。这样的光荣和伟大已不再属于哪一个人，它是马拉松运动史上的又一创举。

医生也因为敢于负责和坚持而了不起，医生认为，新生命的诞生是自然的，孕妇平常是什么样的生活，就应保持什么样的生活；平时是运动爱好者，妊娠及分娩期间同样可以运动。医生对组织者说，她可以跑。这样忠实于自然与科学的铮铮正言，犹如人生警语，感人心且震人心。

其运动的组织者同样值得称道，没有组织者的宽容和担当，没有组织者对参与者的赏识和尊重，没有组织者敢于破旧立新、对全民运动的正确理解和组织，就不可能有马拉松式的母亲和婴儿诞生。马拉松运动史上有过无数次泣鬼神的死，可曾有过如此惊天地的生？所以，事后有人说，这场运动的参与者没有减少，生死替补，真可谓，生亦伟大，死亦光荣。

对中途退场的夫人也要给予掌声，以退为进，有所为有所不为，不作为即是作为。全民健身运动就应该是自觉自愿的自由运动，参加运动的人可以有所求也可以有所不求。为了自我超越而跑，并在跑之中有所表现或不表现或反表现，都是一种超越长跑运动本身的轻松自如的心态，对长跑的理解和参与已达到“随心所欲，不逾矩”的境界，这样的自觉和勇气非常值得学习和思考。

因此，我对美国每年数次在不同城市举办的全民马拉松运动会更加向往；对其民众参与长跑的热情之高有了更深刻的理解。我已有 30 年没有跑步了，最近又开始坚持跑步了。

行走的老妇人

老妇人因患先天性小儿麻痹症落下左胳膊、左腿都短了两厘米的毛病，从小时候会走路起，就没有像常人那样直立直行过。曾是街道的赤脚医生，挎着药箱走街串巷，为居民打针换药，带着温和热情——还有肩挎药箱始终左低右高后侧前倾的习惯姿势，给了他人慰藉和信心。

五十岁时老妇人患有关节炎，并且有毛病的胳膊和腿又有萎缩，下床都困难，接踵而至的是心脏、中风等更严重的疾病缠身，甚至危及生命。

凭着对行走的渴望，及其因残疾而历练的个性，她走下了床，顺着床边、桌边、墙边、楼梯慢慢走，像瞎子摸象一样，走进了学校的操场。她走一步要歇两步，迈一步要出一身汗、掉一行泪，但她从未停止过行走。她说，不进则退，停一天，就走不到明天。这一走就走了 30 年，每天走七八个小时。行走是她每天最艰苦、最有意义的生活。

有一次我回老家，跑步时注意到她。那是冬天的早晨六点，茫茫冷寂的操场，只有她一人已走了一个小时。她佝偻的身躯犹如尺蠖，手拄拐杖，一步一杵，两腿一弯一拖，雪地上留下两点一横的印迹。老妇人走路比爬行还慢，却神情坚毅，两眼直盯脚前，看不出她还能走多久，还要走多久。

学生们来了，多数孩子对其熟视无睹，偶尔有刚入学的新生，或对她古怪单调旁若无人的行走好奇，或被她俏然一笑驱散。孩子们已知道难为情和礼貌，不会对偌大的操场上有一位奇特独行的老人过多关注。在操场上，老妇人的身影像钟表上的指针——默默无声，规律而准时地重复着老路，留下一幅独特的画面。

校园外，三十年来最大的变化是高楼越来越多，紧挨学校的就是一座三十多层的商住大厦，高耸如幕，富丽堂皇。它是全县最高的标志建筑，也是学生们天天仰慕的景物。蓝天和阳光被挡去了一半，孩子们在仰望中读书，在楼影下看老妇人行走，俯仰之间，他们渐渐有了一些感受。

老妇人几十年如一日地早中晚转圈，几十年如一日地漠视外界外物，几十年如一日地坚韧不拔、艰难困苦。

寓不变于万变之中，置形秽于万众之目光下，这是一种勇气，一种智慧，一种生命力。“形不心役，寓形宇内”，她生来好像就为了行走，一生都没有像常人那样走过，却比常人走得踏实、坚定、持久。

那些能走而不走的人，那些比她年轻、病轻了许多却不走的人，都是被自己不清净的心困住了、绊倒了。没有一颗独立而平实的心就迈不开残缺不全的步去走自己的路。老妇人的行走哲学，孩子们不懂也不会想，但对老妇人的行走却不会忘。

老妇人的丈夫是老师，学校操场旁也住着一男一女两位老师，年纪与老妇人相仿，都因中风卧床不起，行走不便。开始他们坚持与老妇人一样，日走不止，后来渐渐掉了队。他们几次病危，几次看到门前老妇人的身影，又几次活了回来。他们坦承，能活回来的力量来自老妇人，另外还有些不服气。

“只要行走就不会倒下”，这是老妇人的人生哲学；“倒下了就再也走不起来”，这是懦弱者的最后感悟。可惜，弱者的感悟总是夕阳西下，人命危浅，这样的感悟越多就越加后悔莫及。

老妇人仍在走，看其精神已猜想不出她的年龄，望其背影而叹息离去者不计其数。

农　民

晨跑完，一头扎进电梯，发现清洁工大嫂已帮我按了楼层键。我很惊讶："你刚来？"她"嗯"了一声。"怎么知道我住这层？"她低头憨笑："俺在这打扫卫生，俺见过你。""你扫几层？""15—26层。"我问一句她答一句，边答边擦着电梯里的玻璃镜。

我在此住了十六年，帮我按楼梯键的清洁工，她是第一个人；不问而知道按几层的，她也是第一个人。看她瘦小单薄的背影提桶扛拖把进了十五层，我心想，她是刚进城的农民。

"真是个农民！"一个牵狗的富态浓妆妇人站在我身旁叽咕了一声。我瞥了她一眼，这是卖菜大王李师傅的母亲，刚来北京没几年。

我想起了有一年腊月在乡下，一位老奶奶在河边的菜园地里挑菜，一畦油菜，一畦荠菜，一畦大蒜……“春在溪头荠菜花”，问老奶奶，“你这菜打农药吗？”“自家吃，种得少，不打药。”又自言自语：“哪有隆冬打药的？”她弯腰面朝地手脚不停地忙着。我说：“你能卖点荠菜给我吗？”她仍没抬头，嘿嘿一笑：“自家种的，你想要，我挑一点给你。”

她挑着满满的一篮子油菜。我问她：“你们家几口人，要吃这么多菜？”她说：“多挑点，人吃菜心，菜边皮喂猪。”我感叹不已，把这么好的菜喂猪，猪的待遇不低呀！

等我再回到菜地时，老奶奶已挎着菜篮一摇一摆地进村了。看到地头堆了一堆青嫩翠滴的荠菜，我赶忙进村找她。问村中大爷她家住哪，大爷豁牙露齿张着嘴笑，家里种的，搁哪家都不会要钱，别找了，她去学校接孙子去了。我掏了二十元钱，好说歹说麻烦他转交给老奶奶。

我刚回到河边，老奶奶就追来了，非要还钱不可，还说给钱就嫌她的菜不好！她说：“正准备去接孙子。两个孙子在五公里外的镇上上学，每天要接送，家中老俩口还有个八十三岁的公公，三个人种了十亩地，公公还能下地干些轻活。”她一再抱歉没有时间，不然会给我多挑一些菜，这东西不值钱，就是功夫……说着把钱丢在荠菜堆上，转身走了。

我没有再去追赶她，知道她不在乎这点菜，却很满足于别人对她的赞美，满足于别人说她菜种得好。她会说忙，没有时间，但不会说时间就是金钱，为了不要菜钱，她宁愿不惜时间地跑来还钱。给了别人喜欢的东西比她得到了需要的东西还要高兴。这样的人其实一直在我心里，我懂他们，也更理解他们。

四十多年前，我下乡到农村，一场洪水，把家家户户的菜地都淹了，村里人全没有菜吃，有人就吃“菱秧爪子”，一种喂猪的水草。农民们采摘后腌制，再用菜油炒一炒，别有一番味道。

村里张大妈，老书记的妻子，常常从窗口里给我递一碗炒好的“菱秧爪子”。我们知青组有个窗户对着她家小院。她每次送菜时都小声嘱咐我：“小方，不要告诉别人，省得别人说闲话，说我向着知青。我们居家过日子的，哪里找不到点菜吃，你们城里人，小小年纪哪受得了这苦。”说着叹一口气，边走边揉眼睛。这个印象在我脑海里留了四十多年。当时我们都很感激她，让她上城里到我们家玩。她哈哈一笑说，家里有人，还有猪要照料，有空还想挣工分，哪有那闲心。

这些大妈们的质朴和重情义与农村的乡土情分不

开，与贫穷关系不大。习与性成，农民可以做到贫而乐，却不一定做得到富而不骄、富而多礼，因为他们的真情实意，就是农村的乡土情。农民犹如乡村的树，乡村就是农民的根，离开农村的农民，不管干啥，其本色差矣！

嫌贫爱富，重城轻乡，本不是农民的追求，也不是农民的情怀。物质追求与文化差异迷乱人心，城里的高楼与田里的禾苗难得同等的仰慕。不是农民却说是农民的儿子——作态，真是农民又千万个不愿意说——自卑；当人人都假模假样地说自己是农民的儿子的时候，谁还好意思说自己就是农民？一句话，传统意识和落后文化弄丢了农民的许多好东西。像个农民样，农民样到底是什么样？我常常自问。农民还在农村吗？

劳动的回忆

——献给母校五十岁华诞

自从走向社会，我经历过下乡、当兵、上学、从政、经商。现今我觉得人生最难忘的还是中学读书时，同学们在一起参加生产劳动的那种友好、艰苦、快乐的情景，那是一种真切、自然、纯朴、美好的学习，是被后人称为“不学无术”的学习。

那种劳动的感觉，一半来自身体意志的锻炼，一半来自学校学习的氛围。学校像个集体农庄，南面这半是教学区，周围古槐参天，绿荫成行，荷塘环绕着教学楼，榆柳拥抱着体育场，书声笑语不绝于耳，蛙叫蝉鸣，莺歌燕舞，四季交响；北面那半是农场，农场大得让我们始终分不清农场与毗邻生产队的界线。

农场沟渠纵横，田欢人忙。在埂田交错的正中央有一个偌大的晒场，晒场上有吱吱的碌碡声，有几头老牛在一边摇尾一边转圈，还有一排用作牛棚、拖拉机房、农具室和仓库的茅屋。晒场四周，一块块田地像大型体操舞的图案，花样不断翻新，有时禾苗青青，有时稻穗橙橙，有时麻地如海，有时向日葵朵朵。

清晨，同学们在田埂上读书吟诗，晨曦中飘荡着荷花和稻蕊的芳香；傍晚，朋友们在渠边林间漫步，晚烟里弥漫着粪土和秸秆燃烧的气息。早读的钟声骤然响起，总有人匆忙地挽起泥湿的裤腿，提着露水厚重的鞋子，百米冲刺般地跑进教室。

在教学区和农场田地之间有两口很大、很方正的荷塘，春天荷塘里荷叶很少，三三两两翻卷着，像少女的帽子和尖尖的羊犄角从水里冒出。蜻蜓低飞，游鱼成群，稍不留神，一个很响的鱼水花，会吓你一大跳。夏天的荷塘蔚为大观，密密匝匝的荷叶，像一把把倒撑开的碧绿的阳伞，硬是把塘面遮盖得不见一丝阳光。荷叶上阳光灿烂，玑珠滚动；荷叶下阴气袭人，风平浪静；满塘荷花盛开，像华灯齐放，像一张张笑脸。这是我们心中最爱的荷塘，也是同学们付出了最深情感的荷塘。

每当去农场劳动时，我们在荷塘里掬一捧水漱漱口，沾湿了毛巾擦擦脸；每当收工回来时，男同学总要下到荷塘里嬉戏一番，女同学则笑晏晏地坐在塘埂上把双脚放入水中，一边搓洗着脚上的淤泥，一边溅着水花。荷塘里的水，洗去了同学们的汗渍、疲劳和污垢，给予的是清芬、舒心和纯洁，留下了同学们的体温、汗水和欢笑。

后来，我去过朱自清老先生笔下清华园的“荷塘”，是那样的幽静、优雅、雍容、含蓄，不论是在骄阳下，还是在月夜里，都非常美丽，给人想象和思考。但却少了我们曾经体验过的带着劳动情感的那份亲切。

一到农忙季节或假期，学校里就呈现出一派劳动的景象。同学们以班为单位由班主任带队，授课老师也分派到各个班级。学生们每天很早就来到学校，各自穿上爸爸、妈妈、哥哥、姐姐们平时不穿的衣服，戴着大草帽，赤脚、卷裤腿，满腔热血，浑身干劲，整队高歌走向农场、田间。记得那时候同学们唱得最多、最卖力的歌是：“解放区呀么嗬咳，大生产呀么嗬咳，劳动的歌声西里里里，嚓啦啦啦，嗦啰啰啰嗨，齐动员呀么嗬咳……”歌落手起，同学们纷纷拿起锄头、耘耙、镰刀……

老师们像个地道的农民，一样地披巾扎腰、赤脚戴帽、挽裤卷袖，一边干着自己的活，一边教学生们插秧打麻、犁田使耙；一样地坐在田埂上，靠在大树下，和同学们谈笑着田间趣事，议论着人生短长；一点儿找不到往日课堂上那种文质彬彬、严眉肃目的神情。当时同学们都说："老师劳动时的样子真感人。"是啊，那时的师生们感情真好呀！同吃同住同劳动，老师和同学们亲热得像一家人。

同学们的劳动能量可不能小瞧，十四五岁的年纪，不仅插秧、薅草、割稻、施肥、喷药、扬场、打麻，田间农活样样拎得起，而且干得活儿也让大人们吃惊。有的同学能挑上百斤重的稻谷，一肩不歇走好几里地；有的同学插秧比插秧机插得都好；还有的同学割稻快得只见稻秸倒地，不见镰刀起落；还有一些同学趁别人中间休息，自己顶着烈日在地里干活。

每期劳动下来，总要给同学们的身上留下一些印记，如腿上有一丝洗不掉的黄水迹，手上有厚厚的茧子，身上某处有个小痦子或有了痱子，背膀上被蚊虫咬个大肿包，等等。人人都被晒得像个黑"包公"。有一次开学，班上从市里调来一名新生，文文静静的，结果没几天，同学们就叫他"小白脸"。等过了一段时间，大家才发现，其实他的脸并不白，好像还有点黑，但"小白脸"的绰号一直到他毕业也没被大家忘记。

劳动中有人头痛脑热或皮破流血，可谓家常便饭，但同学们彼此之间的关心和帮助又无微不至。记得有一次割稻，我不小心割破了手指，流了不少血。有一位女同学掏出自己的手帕，给我包扎了伤口。其实，当时校医就在另一块田地里干活，但没有人认为这些事要大人们来帮助。直到有同学发现稻秸上的血迹，才知道包扎伤口的手帕早丢了，至今我还欠着那位记不起姓名的女同学的手帕情。

当然，这种带有真情实意的关怀和帮助，人人都会争着去做，做了也会不放在心上。比如，割麦子，同学们排成“一”字形下田，一声开始，你追我赶的场面就出现了。不论谁先谁后，那些年龄大的同学或男同学总要默默地帮助小同学或女同学多割几行；如果有的同学在前面领先太多，就会把后面同学前面的麦子全部代割了；后面的同学割着割着，面前就会出现一片空白地……于是，大家又一齐走上田埂。彼此没有炫耀，没有争强好胜，同学们比的是一种热情和干劲儿。其实不论体弱体强或干活多少快慢，大家都一样地真心付出，都一样地豪情满怀，谁也不会说谁落后。

秋收之后，学校要组织一次全校师生大会餐。当然，那个时候不叫会餐，叫吃“忆苦思甜”饭。同学们并不在意吃什么，倒是很稀罕同学们在一起分享自己劳动果实的那个热闹场面。所谓“忆苦饭”，就是用野菜叶、榆树叶与稻壳糠掺和做得“粑粑”。每当“粑粑”发下来，老师就反复地叮嘱同学们：不要多吃，每人吃一两个就行了。可有的同学就是吃四五个，噎得嘴歪脖长，两眼流泪，逗得同学们乐不可支，捂着嘴笑又不敢笑。等到再吃“思甜饭”时，虽然上了大鱼、大肉、米饭、包子等许多好吃的，但那些被“粑粑”涨得难受的同学，只能一边看着大家吃，一边帮着同学们端这拿那做做促消化的运动。

每年像这样的有劳有获的校园生活，总要让同学们自由、快活好长一阵子，尽管也要腰酸腿疼一阵子，但在课余时间里，同学们仍然津津乐道。那时同学们真是朝气勃勃，干劲冲天呀！而今想起，这些已过去三十多年了。

（此文写于2001年母校舒城一中50周年校庆筹备时）

乡情

乡情，一种根深蒂固、生死不渝、代代相传的情意，深于友情，密于爱情，浓于亲情。它不同于老乡归宗同人之情，其生发源于社会、文化、人的进步。它是那些能勾起人心中事的乡情，是不为己而为他的乡情，是事虽小却也要记住一辈子的乡情。

感受水跳上的乡情

2010 年正月初八那天，我下乡去钓鱼。水面上的风虽然还有些寒意，但却提前感受到了春回大地的亲切和温暖。

春节伊始，我先在北京与二弟和朋友们过年，后又回到县城老家陪母亲和家人过年。把酒问盏，迎来送往，不觉有“人生代代无穷已，江月年年望相似”的感慨。于是，有朋友邀我下乡钓鱼。

朋友尽情地描述乡下的好：河水盈盈的绿；村野沉沉的静；鱼儿又鲜美又肥大，野生野长；民风纯朴，钓之不禁。如此那般，把我烦腻倦慵的心煽惑得飞腾起来。

冈陵起伏，田埂横斜，村野静谧。一条望不见首尾的堰河，似把麦苗青青、油油菜绿的大地撕开了一道裂缝，于是乎天上的云和太阳的光都化在了里面，才有了那耀眼夺目的光亮。我们禁不住呼喊起来，惊得水鸟砉然乱飞，鸭子也远离我们咻咻不停地叫。

老远就看见直通河中央的水跳，它高挑、湿润、光滑。我欣喜地站在它的上面，犹如打开了记忆中少年曾游的窗户，蹦上跳下地翻出许多陈年旧事。可以说，水跳是展现农村面貌的一个缩影，是反映村民生活的一扇橱窗，也是一个村庄最有人气和乡情味的地方。我虽然深谙“垂钓惟静”的道理，但为了追寻和重温乡情旧梦，仍然毫不犹豫地选择了这个垂钓忌讳的位置。

高阳照水，明河影下，正当我收获连连的时候，却发现水面上漂浮着许多鲜嫩的韭菜黄，这么好的时鲜蔬菜真是浪费啊！原来漂浮的菜竟出自我身后水跳上的一位姑娘之手。她因为不愿打扰我钓鱼，竟然单腿跪在水跳上，弯腰屈体，用一只手够着水面漂洗韭菜黄。她抓一把菜放至水中，菜漂散开，她用手搅一搅再将菜捞起，一次次放入水中，再一次次捞起，反反复复，既漂走了许多韭菜黄，又费了不少力气。其动静之微，使我浑然不觉。

这是用一整块水泥板搭成的水跳，前低后高。其实她只要换到我的位置或在她原有的位置用菜篮漂洗，用不了一分钟时间，一篮子菜便会洗得干干净净，连一棵菜芽也不会丢失。但她没有说，也不愿意那样做，她说："不能那样，水浪和水声会吓着鱼。"我惊讶她的聪明和细心，更欣赏她的善良和纯真。她的无声和低态，让我站立不安、焦虑卑微起来。当我意识到在同一水跳上也会有不协调不平等时，意识到我的浑然不觉与她的自觉自愿也是一种和谐美妙时，她已提篮姗姗离去。

望着那远远的背影，给了我似曾相识的回忆，给了我人生难忘的留念和启示。

又隔了一段时间，水跳上终于迎来了第二位浣洗的人。她是中年妇女，脚穿长筒雨靴，提着满满一篮子要清洗的衣服。她慢慢地站到水中，为了不弄出声响，她甚至不用棒槌。因我的走动，她反而向我道歉："挡了你的道，给你添麻烦了。"她是一位健谈的人，她说，村庄上的人都看到你站在水跳上钓鱼，所以都不来用水了。我家在春节几天里攒得脏衣服太多，明天家里人又要出门打工，不洗不行，只好来打扰了。我被她说得无地自容，叫她站到我的位置，她同样不愿意。鱼仍然好钓，我不能再心安理得地钓鱼了，我坐在河岸上看着水跳下微微水波，整齐又好看，倏然冒出一个有意思的想法，河塘里有水跳真好。

有一位年近古稀的长者，远远地伫立在岸边，看我钓鱼和我聊天。他夸我会钓鱼，还说，河里的鱼非常多，每年春播水流的季节，鱼戏水游到田里，家家户户都捉到许多鱼。村里人家也有钓鱼竿，但都不会钓，钓不到。我告诉他一个秘密："放长线，钓大鱼。鱼竿要长，要尽量伸到河的中央。""水跳是个好位置，是鱼儿经常活动觅食的地方，但绝不能有人来用水打扰。"他似有所悟，便用赞许的眼光看着我。

从老人的口中我知道此地叫西塘村，原建制是西塘乡，因离县城偏远，20 多年前撤区并乡时改为村。

民风如是，又远非一个村所仅有，又非偏远不能永久地传承保留，好让人怀念。

桃溪溪长流

桃溪，亦为地名，曾是区、乡、公社、镇政府所在地，简称桃镇，旧有“小上海”之誉，蕴含“桃花流水自成溪”的寓意。

记忆中的桃溪傍安合公路，临丰乐河畔，距省城合肥约四十公里，缘溪而下行二十里是杨振宁的故里三河镇，再下百余里至巢湖，通长江。桃溪水丰堰满，三面环水，孤凫野鹤见人不去。镇南河水浩荡，数十条木船连接成浮桥，北有一石拱桥，西有独木桥，唯东边长堤高坝，通安合公路，可行车，此乃进镇咽喉要塞。南河沿有一桃花林，夹岸数百步，中无杂树，落英有情，溪流随香，这里大概是桃溪得名的出处。

桃溪多美女，个个风姿绰约，眩眼夺目。桃溪更不乏伟男俊才，宋朝的大画家李公麟，明代的尚书秦民悦，当代的著名作家艾萱都出生于此，还多出将军、文豪、巨贾。仅桃溪二小1964级一个班二十几人中，如今就出了三位博士。

桃溪有医传世家李财主，外号李豁子，是县内外出了名的老中医。李豁子爷爷那辈通过买田置房置办了偌大的家业。在打土豪、分田地时，老财主因医术高明且无民怨，成为民主人士、公职医生。国家考虑到他年老允许他在家坐堂行医。

“文革”时有人要揪斗李豁子，事传至上海其女儿女婿那里。女婿时任某舰队副司令，女儿也是解放前加入共产党的老革命。他们让人带话：“批判老爷子的旧思想和斗斗他的坏毛病是可以的，财产也可以上缴或没收，但老爷子年纪大了，绝不能搞人身攻击。”后来对李财主的斗争还算平和，但展出他家的金砖、元宝、银元、绫罗绸缎、金华火腿、楠木棺椁等财物确实轰动了全县，让人大开眼界。

李豁子被批后亦谈笑自如，自说自笑话，某日夜停电，李让其孙吹蜡烛，其孙顽劣不吹，李屡吹不灭，李笑曰：“叫你飞（吹）你不飞（吹），我飞（吹）你又笑。”李后人中有一子是桃溪医院的医生，桃溪医院至今仍是乡镇最好的医院。

站在桃溪的大堤上，河水滚滚，浮桥、独木圯已被现代化的钢筋水泥大桥代替。我想起一件往事："那是春潮花汛期，河滩上围坐着一群男女老少，河中是一群袒胸光背的大小伙子在摸'印丫'。一发水，一发鱼，这种鱼身上有三根外露的直刺，鱼儿们个个将头埋在沙泥里，尾朝上，捉鱼人一个扎猛子，一捉一个准。河中的人说满河底都是'印丫'。堰河里的鱼更多更活跃，我有一次洗菜，鱼抢吃篮里的菜，反被我用篮子舀到一条两斤多重的鲢鱼。""在山泉水清，出山泉水浊。"现在河滩宽广，沙丘灿烂，溪流不舍昼夜，好一处天然的日光浴场。

桃花流水杳然去，石矶西畔有渔船。镇政府机关虽然迁到了安合公路边，但古镇的旧貌留下了；老街的气息更浓了；居民和游客更多了，搬不走的是民情和溪流。据说，这是全县唯一一个"政民分居"的集镇，是"建新镇"与"建新政"有争议的乡镇，是远离市场与政权又始终被人称为桃镇的镇子。镇上的居民有一种难得的宁静和超然平和的心态，保持上午开市、下午休市的集贸传统，那种半日繁忙半日偷闲的习惯，自然养成了"花自飘零水自流，一种相思，两处闲愁"的性情。

老镇的街上有十里飘香的"桃镇卤菜""桃镇香肠"

和传统的早点“大饺子”“春卷子”，还有闻名四方的“清蒸野杂鱼”，缘着桃溪的水好、鱼好、厨艺好，有好多开长途车的驾驶员和出差人员，经常紧赶慢赶或绕道而来，为的就是享受这口福。

十字街，过去曾是小镇的闹市口，大道消息、小道消息从这里能最快播散到全镇各个角落，大人物、小人物能轻易地在这里进行极尽的表现。今天这里犹如风驰电掣的网络中心，发散与集约式地将人与物倒腾得来来去去。从满地的青石条到独轮车车辙到闪光宽敞的沥青、水泥大道，从胡同闾巷到宽街高楼；从随处听到“尕李子”“何满子”呼喊到充耳“OK”“Thank you”的洋话；都扑面而来又翩然而去，外来文化与俚俗文化交融。唯一不变的是古镇的涓涓溪流，唯一镇定自若的是镇里居民。这不是有房、有街、有热闹的镇子，这也不是千篇一律按建制、按 GDP 排座次的镇子。它像环立于水中而不行的舟，不用买票就可以乘坐，就能到达你想要到达的彼岸；它像一本书，不管你学历高低，专业如何，能读到“世殊事异，其致一也”的人生道理；它像你儿时熟悉或玩过的积木玩具，景物依稀，你可重新编搭出各种奇思妙想的完美图景。

镇西街的西头，曾是我们儿时的天堂，原桃溪二小的所在地。当初在这儿玩得名堂可多了，我们唱歌、画画、游泳、打乒乓球、捉迷藏、玩陀螺、钓鱼、放风筝、赌纸牌、走老砖、跳地格、捉放羊……“那时，我们真淘啊！玩得昏天黑地，灰头土脸，忘了上学、忘了做作业、忘了丢在河边的菜筐米箩、忘了替同学放牛，最糟糕的一次是丢了书包，几个同学找了半宿也没找着，后来是一位叫‘二财子’的同学想起可能丢在坟场的某个丘墓旁。白日里我们可谓天王老子都不怕，敢在墓地里捉迷藏、讲鬼怪扶乩的故事，夜晚我们就没那么大胆了，最后商量还是找了一位同学的家长陪我们去墓地找回了书包。”

二小已改为教办组，镇上的学校规模更大了，从幼儿园到小学再到中学一应俱全。遇到一位小学老师，他告诉我们，现在镇上人口逐年增长，各种办学最为兴旺，附近村里的幼儿和小学生都到镇里来上学，镇上有专人、专车接送孩子。居民如流水呀，有的去了县城，有的去了省城。老百姓说这是又一场以农村包围城市的迁居大战，所幸的是在桃溪这块“三级跳”的“跳板”上总还有人跳进来，总还保持着多数常住人口只进不出，而且桃溪的老街老屋还保留得如此完好，这在乡镇中是个特例。

城镇的美，不在于街面的繁华和建筑的气派，而在于文化的悠久、丰富、文明；对历史城镇的保护，不仅仅是保护它的文化遗产，更重要的是保护与城镇有关的人的情感，要把关爱它的人们的心连在一起，把居民的情感联系在一起。

桃溪镇的居民是可敬可爱的，是他们无视人情浮动的大潮，不为朝圣般拥挤的人群所动，不去搭乘那只争朝夕追物慕荣的列车，他们坚守住往日的繁荣和今日的尊严，保持他人少有的“慎独”与“平和”的心态，“不戚戚于贫贱，不汲汲于富贵”，才真正保护了小镇，才使它特立独行，古意盎然，充满诗意，流淌着溪水一般的情感。

小院有桂和橘

老家的小院和母亲一样老，临街面市，院门常关，清净幽雅，日涉成趣。

院里有两棵树，左右盈门，一棵是“经冬犹绿林，自有岁寒心”的橘树；一棵是“移从月中来，广寒香一点”的桂树。桂花开了，很香，来了许多折桂枝的人；橘子红了，很甜，飞来了许多鸟。

桂树、橘树比小院年代悠久。四十年前，父亲到江西出差，带回了橘苗；有朋友自大别山来，送来了幼桂。它们像种子一样，在杂草瓦砾中生根，在四面围墙里长成。现在它们都高过了院墙，在墙外也能看到花开花落，橘红橘黄。

墙外一片天，很高的楼房，古老的城锥，喧闹的广场。大妈们在狂舞，豪车在奔驰，超速时代，繁华竞逐。

墙里一块地，冒着地气留着乡俗，鸟儿在这歇脚，风儿在这舒卷。一墙之隔，气候不齐。

一日清晨，我在桂树下晨练。树上雀儿啾啾凄凄，叫声异样。我绕树细看，吓了一跳。一条手腕粗的大蛇正爬在枝干上，其头埋在枝叶里，身躯鼓鼓囊囊，似鸟的形状。蛇爬在树上不动，力气却很大，竹竿都挑断了；它倏地窜出树稍，如抛出的绳索，从桂树横空飞到橘树。朋友说，蝮蛇隔山而跃，古人云，螣蛇无足而飞，之前我不信，这下信呆了。会捉蛇的朋友，最终将它送到了公园里。

“鸤鸠在桑，其子七兮。”雀儿自投蛇腹，原来是树稍上有一个雀巢，巢里有数只雏雀。成对的鸟儿飞来，把自己的身体当作了蛇的大餐，来保护幼小的生命。专家们说，动物有利他主义，我觉得是这些鸟儿知情知义。“淑人君子，其仪一兮”。鸟非人类，“心如结兮”。

幼雀出巢了，跟着成鸟从桂树飞到橘树，从树上飞到地下。有一天，它们飞到我的门前，抖着翅膀迎接我，偏着头静静地看着我，像认识我一样。这是几只黄羽赤喙灰爪的美丽小黄雀。我问道：“认识我吗？”它们点头，然后飞上屋檐，飞出小院，飞入蓝天。

第二年，黄雀们没有来，来了一对白头翁，在橘树上筑了个巢；第三年鸟儿们全没有来。我发现一只猫从院墙跳到树上，躲在枝丫后面，眼盯着偶尔飞来的麻雀与蝴蝶。这大半年里我们出了远门，家中只有母亲和阿姨。上门的人少了，偷嘴的野猫来了；雀儿不敢来，蜂蝶不再舞；桂花开少了，橘子也结得小。

有人上门来买桂树，说要先移栽到园子里，三年后再卖到城里；城市越大树越稀罕，树越大也越难移栽，差不多三五年就会死掉。离开故乡的土地，树活不下去，是因为它们有了记忆，都很念旧。买树的人说，我们家的桂树最珍贵，花是金银两色，秋开三度，金桂开了银桂开；树是双胞连株，冠大，绝好的桂风景。

一想到桂树进城的遭遇，给再多的钱我们也不会卖；橘树也不卖。江南为橘，江北为枳，果树唯有成林才好看。人性爱美，虽然嘴上说好看有什么用，又不能吃不能喝，到头来还是为好看活着。

最后一片雪

第一次回到三十二年前下乡的村庄，见到唯一的庄上人是当年的会计，现今的陶大爷。老人知道我是谁后，脸上仍挂着凄戚与无奈的表情。没聊上几句，老人就开始怨恨起前不久南方的雪灾。

老人说：“天变了，北方晴朗暖和，南方暴雪奇冷；人也变了，大雪大灾天，人脸像茅屋檐下的冰冻溜溜，硬邦邦，冷冰冰，耷拉老长，黄中泛黑的颜色。”大雪压倒了庄上的老屋，老庄子的辉煌被这场大雪彻底湮没了，这是老人最不能释怀的。

我下乡的这个村叫四圩村，顾名思义，就是村子四面都是圩堤，圩内有良田数千亩，一望无际的地广水满；圩外则河道弯曲，沟堰纵横。在圩内定居，春天要防涝，夏日要防洪，所以家家户户的房子都建在高高的土台墩子上，俗称“庄子”。庄子有大有小，小庄子一两户人家，大庄子有几十户人家。这些或大或小的庄子不是自然形成的，而是庄上人家的祖辈、父辈们发扬“愚公移山”的精神，用一双肩膀两只手“挖泥担土、挹彼注兹”，一天天、一月月、一年年堆垒而成。凡庄子高大的，其庄前的池塘则自然深而广阔，就像北京颐和园里的昆明湖与万寿山，其高与深、大与小、此长彼消是有比例的。庄子四周有外人不能跳越的河沟，塘连着沟，沟连着渠，渠水与圩外的江河湖泊相接。因有活水源头来，池塘和壕沟里的水四季清澈；庄上人家吃用水都在塘中取；干活的人渴了，弯腰掬一捧河塘里的水喝，滋凉润喉，甜甜美美。

大大小小的村庄美如镶嵌在广阔田野上的翡翠，随着大地蓝天一年四季青绿黄白的自然变化，始终如一地保持雾气氤氲、绿色淋漓、若静若动的景色，那池塘如月，沟河如带，树梢后隐露的人家，及追随白云的袅袅炊烟，还有那破晓惊月的捣衣声，狗撵鸭子的呱呱喧嚣，“竹杆何袅袅，鱼儿何簁簁”的风啸鱼跃，你不眷恋这田园的纯朴生活？

美好的村庄需要人气呵护，每隔两三年，庄上人就要车水干塘，挖塘泥、挑塘泥、搭庄台，只有这样才能清理河塘里的淤泥，防止庄子泥土流失，不使庄台塌陷，永保庄子高大，沟河潺潺，塘清岸英。挑塘泥是要全队人参加的集体活，有力气和经验的男人干挖塘泥和搭庄台的活；女人和力气小的小伙子干挑塘泥的活，挑泥的人们来来往往走两行，路远时中途可以俩人合作转换着担子挑，农民们叫它“打盘肩”。

老人叹息着：“早没人干这些又热闹又快活的集体活了，集体散了，塘干庄陷，我的老屋怎能不倒？那几天，一连下了三天三夜的暴雪，头一天我没有担心，第二天我有点慌了，想找人扒屋上的雪，哪有人啦？庄里庄外只见雪不见人，屋高我也上不去，晚上就到镇上的儿子家住了一晚，头半宿心里有事睡不着，后半宿汽车吵、不安静也没睡着，天刚亮，我和老伴就回庄上了。老伴进了牛棚，我围着老屋转呀转，眼瞅着天上的雪像鹅毛飞舞，‘搅得周天寒彻’。我感觉有一片雪从远至近落进我的眼睛里，没觉得寒冷，只觉得眼花湿润，晃荡了一下，甚至没听出异响，老屋就在我眼前倒塌了。其实老屋是被我眼中落进雪那同一时刻落下的最后一片雪压倒的，如同庄上的老牛一样，被一家一户过度使役而最后倒下。”

老人的话里无不是对老屋的怀念，对现实生活的理解，是一位有文化的老农对农村的深情热爱。我自愧对老屋及其村庄的认识永远停留在表面。

我下乡的这个庄子，解放前叫陶家围子，陶大爷的爷爷是大地主，庄上就陶姓一家，有上百间的房子，一律木质砖瓦结构，几进几出的院落，居中的五间正房，正是现在陶大爷哀叹不该倒掉的老屋，它高于其他屋三分之一，白墙灰瓦，屋脊鸱吻，飞檐翘壁，木椽顶端有雕饰物。庄子上房高屋稠，竹木生烟，在当地是出了名的标志性建筑，五乡四邻的人指一指陶家围子就辨明了方向。

我这次回村确实没有看到这个参照建筑，因为那些散建的或高或矮、新旧不一的钢筋水泥建筑挡了我的视线，仅凭着依稀可辨的老路，几弯几绕，才找到了老庄。老庄确实老了，河干沟涸，树坑裸露，萧疏七八间茅屋，悄无声息，再也找不到“绿树村边合”“绿水人家绕”的记忆。

老人的记忆非常好，听我说是下乡知青，立刻叫出了我的名字。我问庄上人都去哪了，他说：“都搬马路边和镇上去了，还有去县城、省城了，现在庄上就我和老伴及另一家的老太太。”“你们怎么不搬呢？”“我舍不得这庄子和田地啊，我和老伴还种了六亩水稻两亩菜地呢！”我疑惑地问：“你都七十的人了，能种得了那么多地？”他一下来了精神：“怎么种不了？起早摸黑，干得慢点，种得好着呢！”“现在的年轻人不闻不顾的，说走就走了，有的撂下空房子，去城里打工，一走三五年不见人影。”

坐在老人又黑又矮用牛棚改造的茅屋前，我指着那半截断墙残垣说：“老屋为什么留半截山墙不拆？”老人感慨道：“人和天一样怪，老屋一倒，雪就停了，雪一停，人也来了，来了好一帮人，大概都是我那两个不争气的儿子叫来的，都叫队长、经理、老总的。开始我以为是他们好心来帮我修老屋的，哪知是要拆屋买砖买瓦，还硬说：‘老屋重修不用老材料反而难看，修不如不修，修屋不如卖屋，将这些明清时期的青砖灰瓦卖给城里人，比有这房子还值。城里的古建筑要修旧如旧，没有这旧砖旧瓦不成，你老也算为发展城市化建设作了贡献。’胳膊拗不过大腿，眼瞅着这伙人说的说，拆的拆，搬的搬，老屋就没了。”我狠狠地对儿子们说：“你们要是把这半截山墙也拆了，你们就不要回这个家，我也没你们这样的儿子。”“看我说了狠话，他们才没敢动这半截墙，但这几天天天有人上门，纠缠这半拉墙的事。”老人赧然而笑道：“刚才你们来，我以为又是拆墙的来了。”我对老人说：“屋没了，还留半截老墙干吗？怪难看，让人伤心。”老人不以为然，却说：“难看的不是这墙，而是那些想疯了要发财的人。他们挖空心思吃祖宗饭、断子孙路的财迷相才叫难看；让人伤心的还不止是老屋倒了没了，而是人人都盼着老屋倒，盼着庄子没呢。现在的青年人恨村庄，也恨老屋，因为老屋拴了他们的手脚和思想。人人过着‘飘’的日子，生活在流动中，没人愿回村里种地，过土里刨食的生活。农村没有生气那才叫伤心呢！”“留着半截老屋可以挡风雪，可以陪我晒太阳，可以让人想起在老屋里遮风挡雨、暖暖和和的日子。”

我深深地被老人的话感动，老屋对我和知青们是有恩的，那年发大水，知青小组的房子坏了，是老屋接纳了我们，让我们有了避难的住所。其实老屋自身及曾经的庄上人都有许多讲不完有关老屋的故事。

起身告别，老人执意留我吃饭，仍坚持送我出庄子。庄上人送贵客的礼遇，也只是主人伫立庄头目送，今天老人难得遇上能说上话的“忘年交”，不让送就是不行。出了庄子，经过一片菜地，老人眼中放出喜悦神奇的光芒，一下子蹲了下来，捋着菜叶，捏着土块。一片种满“乌菜、小油菜、萝卜、大蒜、荠菜”的菜地，都是些不怕霜打雪压、生命力强的菜，长得绿油油，水汪汪，青嫩脆润，生机勃勃，与其四周相比，简直是大漠之绿洲。看不见大棚，也不用塑料薄膜，更不施农药化肥，真正是纯天然的绿色蔬菜。老人看我没走，又忙站起来说："城里人不爱农村，却爱我这块菜地，来玩时顺便买菜的人很多，都说我比专业菜农种得好。"

我走了很远，老人还一边弯腰拾掇着菜地，一边向我挥手。我远远看着老人身后与菜地很不协调的空空荡荡、豁豁缺缺的庄子，没觉得天冷地寒，却觉得雪还远没有下完。

龙河口与万佛湖

二弟一家回乡陪母亲过端午节。我由龙舟赛想到了万佛湖。家乡人都说，好玩就去万佛湖。

万佛湖原名龙河口，是二十世纪五十年代末人工修建的一座水库，是我们学生年代最爱去的地方，“每有兴事，必结伴前往”。离县城约三十千米，向西渐行渐高的山道，野营拉练，骑车徒步都去过。每去一次都好比一次远行，都有意外的收获。大家并不在意那山那水，就是稀罕那大坝，稀罕那水库的故事。

水库面积有 1120 平方公里，蓄水量最高达 9.03 亿立方米。水库汇集了上游数县及大别山区的水流，有四个乡镇永久沉睡在库底。水库的水质长年保持在国家二类标准。水库大坝举世闻名，长一千多米，高 75.4 米，是全世界最长的全人工建成的沙石土坝。连接在栲栳山与牛头寨两山之间，库坝与山浑然一体，像两山伸出的手臂，手握着手，肩并着肩。

土坝自然没有钢筋水泥，只有泥土、沙石、汗水，只有灵魂、脊梁、理想和热血。二十世纪五六十年代自然灾害严重，数十万人用身躯和肩膀扛起了一座堤坝，它好比家乡人心目中的长城，有说不尽的自豪。

民间有许多说法，有人说修水库饿死了不少人，路有饿殍，水有鬼雄。也有人说，死人是值得的，水库灌溉了周边万顷良田，旱涝保收，泽被永年。其实，有史料记载，修水库没有饿死一个人，恰恰是建水库保证了劳动者有饭吃，有力气干活。

“唯有牺牲多壮志，敢叫日月换新天。”龙河口水库是一个时代的象征，永远地留在一代人心里。联合国大坝委员会原主席兰希先生称赞龙河口水库是“非常了不起的工程，世界水利史上的奇迹。”

“一坝千秋水，三山万佛湖。”随着改革开放和旅游业的兴起，库坝渐行渐远，湖光山色升起。英雄无名，山水永好，水库的精神在万佛湖的欢声笑波里或隐或现，此起彼伏。

蒙蒙细雨中，我们和母亲看见了库坝，巍峨依然，如朋似友。我们急切地要上大坝。售票员淡淡地说：“上坝必须买游湖的联票，来去大约五个小时；单包一艘快艇，不上岛，一小时够了。”起初我们担心母亲心脏不好，八十多岁了，不能坐快艇，好在是包船，快慢自便。担心是多余的，适应性和新奇心总是跟着环境走。母亲高兴地说，没想到有生之年能坐快艇游水库。随流和从众最容易改变初心，结果上库坝的愿望落空。返航的快艇不准返回到起航处，返航港又不通库坝的路。难免有些怅然。

我们身披从超市买来的一次性雨披，像风雨归人一样在雨浪中孤游，经过了万佛岛、凤凰岛等岛。岛上幡飘香缭、舞乐喧天，客轮上笑语盈盈、大呼小叫。我们没有上岛，仅在湖中转了一圈，凌波御浪，衣风沐雨。我们当然没有见过比这更美的水库。

乐之所乐，忧之所忧，库湖两宜，当是人生的态度。静静岛屿，浩浩库水，涵养万众心性；蓄而不扰，盈则奔流，美在精神品行。爱它，只能老老实实地面对；唯有瞻仰和思考，才能品出它真实的美意。综观世界大大小小形形色色的水库，无不让人敬之、远之，有几分神秘、几分流连。

返回时隐约瞥见大坝上镌刻的“龙河口水库”几个黑体大字，隽永苍古，薄云虚掩；其身后空蒙浩淼，碧波无限。水库是真实的，万佛湖也是真实的，本以为怎么叫无所谓，现在看到名副其实还真不一样。

生态与旅游和谐发展，一静一热，一个花钱一个赚钱，对立统一，真是个辩证哲学的大课题。

乐忧皆是情，山水化为诗，诗曰《龙河口与万佛湖》：

开天辟地建国初，愚公齐心龙颜怵。一坝高昂千秋水，三山低吟万佛湖。库水泱泱丰收情，游船荡荡幸福路。年年好景美如画，江山代代新人出。

家乡的城锥

把宝塔叫城锥，曾是家乡人的叫法。这种叫法让人感觉很亲切。有塔的城市很多，塔的称谓也很多，唯有家乡人这么叫它。

家乡的城锥建在古老的城墙头上，城墙已经很高，再建这么一座高高的塔，它的塔尖又是那么尖、那么长，老百姓的语言历来生动形象，所以就叫它城锥了。

其实它在明代大启元年（即公元 1621 年）甫建时，是有其碑刻书藏的正名的，其一“龙头塔”；其二文峰塔。名字还有说法，据说当年城中常发大水，护城河里常有黑龙作祟，为制服恶龙，建了这座塔。还有另一种说法，县城的历史悠久，早在《诗经》《鲁颂·闷宫》里就有记载：“戎荻是膺，荆舒是惩。”在周天子时代，楚地舒城乃是蛮荒须惩戒教化的地区。“控蛮荆而引瓯越”，建塔兴文，是为了实现文风昌盛，顺达文脉，开化兴教，多出人才的夙愿……

大概这两个名字都太过正统，类似的叫法又太多，又不通俗易懂，所以被家乡人抛弃遗忘了。从我知道这塔开始，城锥已口口相传了几百年，它是那么朗朗上口。

我认识城锥是在摸鱼、捉青蛙的年龄，来到一段很长、很高、很老的城墙埂下，有一湾宽宽的护城河，河水暗流，岸英柳长，蝉鸣萤飞。蹑手蹑脚走一步，青蛙倏地横空入水。我从縠纹清清中看到了城锥的倒映，从城河东南的小桥下爬上城墙埂，站到城墙埂上的城锥旁，既可以高昂又可以俯视，既可以看到村庄、田野、屋宇，又可以仰望星星、月亮、锥尖、风铃。一个小人儿于是有了全城最高看得最远的感觉，慢慢对仰望有了自由、舒展和幸福的理解。

当然与城锥自身的平常质朴也有关系，它的基本材质就是砖和土，大约二十米高，外砌青砖，内填泥土，六面七层，每层均有假拱券门。顶上戳着葫芦状的塔刹，悬挂着六只铁铃。没有飞阁流丹，没有名人碑刻，不能登塔站顶。但你可以盘腿坐在它的台基上，可用指掌抚摸它的缝隙，可以拥抱和依靠它的身体。它自身高大，但你也站在高处；它不能遮风挡雨，但可以与你风雨同受；它是独立的，但人们都愿聚集在它身旁。你仰望它时别人也仰望着你。它是全城最高的标志，又是唯一人人可以景仰亲近的物体。它不能给人实惠，但给人平等一致的望向。

孩子们喜欢城锥清脆的铃声，喜欢它高高开阔的场地，喜欢绕着它转圈，喜欢望着锥尖脖子都酸……顶端的石缝里歪长着两棵皂荚树，一大一小，树上有鸟巢，塔颠落了许多鸟，最多是八哥，还有乌鸦和老鹰。每有乌鸦或老鹰飞至，孩子们总是“呸呸呸”地口吐吐沫大喊大叫：“老鹰叼小鸡了！”或是用弹弓打乌鸦、老鹰，石子打在铁铃上铿然震响，鸟儿们吓得群起而逃。让孩子们好奇的还有皂荚树能长多大？皂荚籽真能当肥皂用？树种是怎么跑到城锥顶上的？

成年人对城锥的好感或许来自童年，或许出于信念，有的在那里留影，有的在那里吊嗓子，有的在那里迎来送往，有的舞剑，有的拥抱接吻……有一年家乡发大水，农村人都涌进了城里，城里每家都住了灾民，与城锥相邻的电影院也住满了人。政府用飞机投放干粮和食品，城锥标志明确，地面干净开阔，是空投的最佳场地，大馍和大饼在城墙埂上堆成了食物的城墙。人们纷纷搭棚宿居在城墙埂上。

一代人有一代人的信仰和理想，城锥就曾是一代人的信仰，犹如一代人怀念的故乡。他们不会这山望着那山高，不知随波逐流。把景仰装在心里，没有其他。一辈子忘不了，不会变，这是一个时代的文化，绵延不绝是人的思想。

每当我回到家乡，时常到城锥下走一走。如今，它确实被四周的高楼大厦挤压得很小、很矮、很局促，但它的身姿仍很直挺，锥尖仍很尖锐，仍赤身裸体于风雨中。没有仰望，没有城墙，没有河流，没有了还叫它城锥的理由，只有质朴依然，歪树依旧。

它还是它，我们却孑然无声，它还是它，我却独自徘徊。很少有人再关注它的存在，也很少有人知道它的名称。没有称呼的存在，比不存在更加漠然苍凉，如同老人失忆，谁还理解它的曾经？总遗憾历史无语，往事无法传承。

最后的古瑜春

还是那座有名的古桥——周瑜桥；还是那棵古老的榆树——经风经雨的老榆木；还是那条瘦了又瘦的小河，仍在无声舒缓地流淌。

店仍是老样子，夹杂在新城与旧民宅的边际里，独存于喧嚣外的阑珊处，倚靠着古榆，伫立在桥头，好似“驿外断桥边”孤芳自赏的一枝梅。

那是上着一排旧式木门板的老屋，开堂敞怀地袒露着锅灶瓢盆，还有黝黑油亮擦得有些许花白的方桌条凳，像孔乙己穿着长衫倚着门旁喝酒的那样，没有闪烁的灯火，没有华丽的装饰，只有三三两两衣着随便进出散漫的客人。凭着那直钻鼻孔的卤菜的香味和那弥漫着的腾腾热气，我们就可以知晓，这就是古瑜春饭店。

店名古庄蕴韵，柔美雅俗，与饭店风马牛不相及，倒像是花坊、古玩店、美容院、公寓花园的字号。看着这不合时宜的招牌，不难想象这店里的主人们如何特立独行？

饭店是二十世纪五十年代初由个体工商业改造合并成的大集体企业，经营至今，是全县唯一仅存的老字号、老人、老办法的“三老”店。店名寓意深远，因为是三国名将周瑜的故里，又建在周瑜桥头，又欣逢翻身解放，开展合作化。难免苏子情怀，满腔“雄姿英发，羽扇纶巾，谈笑间，樯橹灰飞烟灭”的凌云壮志、英雄气概。

我们带着好奇心与好感走进古瑜春。“妖韶女老，自有余态”“愚公智叟，亦怏然自足”。没有礼仪小姐，也没有笑面春风，更没有雅座包厢。店里的所有工作人员都是五十岁以上的人，客人也是左摇右晃地随意走进来，随便找个地方坐下。简约反倒更迎合大众，随意会让人有种到家的感觉。过惯了城市生活的人突然遇到这样的“简约和随意”，在短暂的不适应后，会很快重温到人生的自然、自如的一面；而那些尚是城市的漂族们更会有久违的相识和亲切感。

朋友说，有两件小事最能反映这家店的风格。一日某青年吃得高兴，大呼店内大爷：“给我上茶！”答曰：“大爷正忙，小子，要喝自己倒，茶水无偿供你。”小青年被堵得语塞，想想大爷说得也对，忙说：“大爷，是我的错，您忙，您忙，我自已来。”又一日，一帮人慕名来吃饭，刚进门被一大爷拦住：“关店了，明天再来吧。”“刚七点就下班？”“是啊，只出不进，今天按时下班才能保证明天的饭菜，晚上还要做菜呢，请回吧，这里没有快餐。”

经理陈先生慈眉皓首，身高神奕，举止尔雅，酒量大、喝得平静、爽快。我直截了当地问他为什么不搞私有化，他却说：“这是他们好不容易坚持下来的成果，慎终如始，没有败事。不能坚持或搞私营的人早走了，留下的都是些铁了心为集体的人，都是走不快跑不动抱在一起取暖的老者。”“经营上有绝招吗？”“不私不贪就是绝招，私心是涣散集体的温床；贪得是假劣欺诈的根源。饭菜好吃全靠没有贪心私欲，不然，哪还有集体的大锅饭好吃？”“怎么做到不贪不私呢？”“私念人人皆有，但集体可以约束，不使其无限膨胀，不能受其约束的人不能维持和融入这个集体，集体当然也不需要这样的人。”

我坦言相告：“你们的菜，其色、香、味、形皆平常，一般家庭都能做到，但吃了别有滋味，来客不少，大概大家都有这样的感觉。”

陈先生灿然一乐道："真诚守信的经营会使客人无负担、无戒心地吃安心饭、快乐饭，没有被欺、被宰、被忽悠的恐惧感，不好吃也觉得好吃。来客是为了吃，又不全为了吃；是因为吃而来，又不全因为好吃满意而去，他们是在找宁静、安心、有感受的好吃的地方。没有假冒伪劣残剩和添加剂的饭菜才是最美、最有质量的佳肴。

色香味形这些名堂其实与贪欲之心是紧密相连的，而与菜的质量又是相背离的。比如，这盘鱼的传统做法是"鱼煮千滚，吃到肚里安稳"。老子也说："治大国若烹小鲜。"就是煮鱼不怕费时耗材，不要动它，可是几乎没有饭店会这么做。大饭店讲究的是上桌的鱼像活着一般，还翕动着嘴，能吃到鱼肚里的血丝。"人太贪图外表，自己也会骗自己，长在自己脑袋上的眼耳鼻舌嘴彼此不信任、互相欺骗，还合伙骗嘴巴，结果病从口入，多数人吃出了毛病。"

我又忍不住道："古瑜春虽好，可是发展慢啊，你看你们既不能扩大就业，又不能上规模经营，守着'小国寡民'的意识，走着'小脚女人'的步子，怎么进步？"陈先生略有愠色仍平和地说："坚守和发展，对立统一，与私有单干而言，坚守和危言危行，也是一种发展啊，不然，这么多老职工还有那些退休老人怎么办！

“我们也曾招过一批知识青年，可没到半年，走的走，溜的溜，有嫌工资少的，有怨经营老式不灵活的。引进资金和卖老字号也行不通，先人有言，“改玉改行”老人老办法，老人旧思想。为了发展而改变自己，为了发展而放弃坚守，自己特色都没有了还是发展吗？这样的发展为谁呢？”

又到了该“关店”的时间，此时桥的另一头正莺歌燕舞、繁华竞逐，我们恍若隔岸观火。城里早有传闻，这里将是要撤除的最后一条老街；古瑜春就是旧城、旧体制里最坚固的最后桥头堡。建设者认为，城市化发展不能留未改造的死角；坚守者则认为，城市的发展和文明不能没有记忆和历史，历史和记忆仅靠博物馆或书本是不够的。

是啊，这里是城里仅存的让人产生回忆和思想的静地，是历史的一面明镜和人类漫漫旅途的一个驿站。如果这些都不存在了，那人只能过着没有过去只匆忙于未来的日子，像一列永远向前的快速列车，前进，只有前进。

三年后，古瑜春成了废墟，成了环城公路。周瑜桥仍在，一座没有流水的空桥，知桥而不知名；据说城里又多了叫古瑜春的饭店，但又都说不是原来的店，知名而不知店。我始终没有再见到它，也很少听人提起它。

舒　茶

正月初八，一个初春还寒的早晨，我们来到曾经几度出名的山镇，安徽省舒城县舒茶镇。

舒茶镇原先是舒茶公社，叫公社那会儿很出名，出名是因为毛主席于 1958 年 9 月 16 日视察过这个地方，之后每年这个地方都要集会庆祝，由地方到县再到省，最后到全国性的各种类型活动，以体育和文艺活动最盛。

舒茶原先不产茶，准确说产不出好茶、名茶，叫舒茶这个名是因为舒城县有名茶小兰花。

兰花形，兰花香，生长在深山避洼有兰花的地方，所以叫小兰花茶。小兰花，叶青水绿，润和甘甜，山花地，农家女，柴草锅，手工炒，一家一户生产。它曾是皇家的贡茶。

舒茶在新中国成立前是个穷地方，原名叫“沟二口”，两山夹一沟，一穷二白。山沟连接着县际、省际和通往省会的公路，处在交通要道。交通方便又穷山恶水，有点名声也是说不上口的名声。

毛主席视察舒茶时认可人民公社，并建议以后山坡上要多多开辟茶园。从此，舒茶开始了新时代，荒山绿了，石山长茶，真的开辟了“九一六”茶园。

我去过舒茶许多次，最难忘的有两件事，一次是毛主席视察舒茶十周年大庆。我只有十一岁，半夜启程，走了三十千米的路，到了舒茶已近午天。庆祝大会和演出结束了，省里的领导们都走了，迎面相遇都是兴高采烈回城的人。但我们一帮小伙伴们很满足，见了大场面，参加了大活动，跟着人流又走回县城，兴奋好几天，逢人就讲。

还有一次是高中快毕业了，学校开门办学。我们一些喜欢文学的同学到山区体验生活，到舒茶冲老生产队与贫下中农同吃、同住、同劳动。冲老生产队当时出了个全国人大代表，姓魏，是一个开山种茶、热爱集体的模范。当时还有安徽大学的学生在那里实习，各地的记者也经常去采访。我们学会了采茶，第一次看到机械化制茶，和村民们一起在粉丝厂、榨油厂劳动，第一次有了山区不苦、山区发展多种经济的印象。

山区的优势要发挥起来，没有一个好集体是不行的，没有一个好领头人也是不行的。舒茶当时正是具备了这两点。毛主席当年到舒茶正是因为舒茶人民公社是全国办得较好、较早的人民公社。

当初我们开门办学的劲头十足，不光与农民同吃同住同劳动，晚上还和贫下中农们开会学习讨论生产，还徒步回县城，把学校的宣传队请到生产队，和安徽大学的师生们一起在队里开联欢会。

其实舒茶最有成就和影响的是“九一六”茶园。它是全县人民用了三年二十万人次的劳动日，披星戴月肩挑背扛流智流汗团结奋斗，开辟了半个石头山，挑土上山亿万担，硬把石头山改造为梯田茶园。从此，以舒茶闻名的“舒绿”茶出口多个国家和地区。我除了在山下遥望过几次翠叠绿绕的茶园之外，一次也没有真正去过茶园。

今天这是第一次来到茶园。天阴云涌，我们走上满是荒草的山坡路。整个山区看不见一个人，只有两只浑身火红的小鸟在我们面前蹦蹦跳跳，为我们带路。我们一边上山，一边观赏茶园。

茶园洵然很美，碧涌如潮，云蒸霞蔚。十六层梯田，十六道大坝。茶树整齐，茶园干净，茶地里没有一根草，没有一棵杂色的树。站在高山之巅，白云可掬，地有回声。“天苍苍，茶莽莽！”群山在沸腾，热血在奔流。人间伟大的工程啊！都是万众智慧和信仰的结晶。

工程确实浩大，看得见尖石和卵石间的智巧，感触到岩壁与弧坝上的力量。担土为田，植茶成林，双手擎天，两肩扛山，那是用理想和信念挑起的火热年代。五十多年过去了，风云变幻，茶园仍从容不迫、郁郁青青。

听说现在的茶园已经转让给了个人。经营者就是要这个茶园的样板和牌子，这会让他的茶生意红红火火，也会让他成为镇上的一代能人。

我在震惊中思索，伟大的工程都靠集体的智慧和力量，为什么不能共享成果巩固发展呢！利用和炫耀反而成就了个人事业，享受和占有反而更有生命力和发展空间。总感觉这么好的茶园与个人好不相称，与伟大毫无关系，这是一个值得思考的问题。有人突然问，这么大的山，这么静，有狼吗？有人答道：“都说有，但没人见过，倒是多年不见的野猪现在多了，经常在庄稼地里出没。”自然界中此进彼退的规则，与人类喜欢复述说谎孩子的故事一样，千篇一律，万古不易。

毛毛雨中挂着丝丝寒冷，下山已不再有上山时的热情，只想快一点到山下镇上。镇上倒是大变样了，高楼林立，道路宽广。沿公路两旁都是门面房，楼下开店楼上住家，以茶庄和饭店为最多。只是游客稀少，生意冷清，倒是最近重建的毛主席视察舒茶纪念馆有络绎不绝的参观者，而且游客大都是自觉自愿来的，还没有招旗呐喊的游团。

七门堰人家

深秋某一天的午后，我邀请几位同学去探访七门堰。

七门堰在舒城县七门岭山脚下，是汉高祖刘邦的侄子刘信于公元前200年封羹颉侯、食邑于舒时所建，它比成都的都江堰晚了约五十年，其建筑方法和治水理念颇似都江堰。因为相传建都江堰的李冰是舒城人，所以，在舒城人的眼里，看了七门堰就等于看了都江堰。

七门堰距县城向西南约二十五千米，走一条尚好的省道，路过三国名将周瑜的练兵台遗址。沿途焜街村树、沟洫流水、漫灌田地，皆被七门堰之泽。村道和老土埂并不好走，道中枝条摇曳，很难看清车前的路。

乍看七门堰，并无特别入眼处。它处荒山之下，干河之滨，仰露朝天，似西边天空射下的一束光柱。山荒老，连绵阒然；河干涸，广阔袒裸；堰水平和宁静。流水无声，没有縠纹，看不见水流水动；堰河清清，有倒影，细看见水底深深的苔藓与水草倒向下游的方向。七门堰真干净啊！道上没有游人的垃圾，河里没有沉浮的杂物；混同于那些极普通的河流，不言历史，不显荣耀，不知来处。在这个山近村远、少有人至的郊野，它就这样静静地存在了两千多年。

再回到闸桥时，才开始发现这近乎难看的闸桥的特别：在笔直的驳岸之间，在凸出的山嘴处，像给犟驴子戴上了笼嘴子。

于是，七门堰生出了两种景观，生出了两种秉性不同的水流。上游的水，连天接地，透明干净，温润宽和，像大山一样厚藏不扬，像库水一样蕴蓄不扰……而那翻闸越桥的下游之水，则似天雨散花、万珠落地般灵动活跃起来，如放飞之鸽、脱缰之马、开圈之羊，穿涧流罅，击崖凿壁，不塞不流，不止不行。

正如苏轼行文那般："万斛泉涌，不择地而出，滔滔汩汩，虽一日千里无难。及其与山石曲折，随形赋物而不可知也。所知者，常行则所当行，常止则不可不止。"

这是一种洵美且异的感动，也是一种持久而坚韧的精神所在，更是一种对生活和生命的忠诚。对此，谁能不平心静气？谁能不心怀崇敬？谁还有骄躁不屑？虽然墙壁上的七门堰简介字迹漫漶，但我们看得很仔细。

七门堰曾经无数次修葺，但大规模的修建扩建仅有三次：第一次在明朝；第二次在清朝，使灌溉面积由五万亩增至20万亩；第三次在20世纪50年代，彻底改变了七门堰的活水源头，将引水口向山区延伸了七千米，由大河里截弯引水改为至库区引水，成为舒城人治水兴利的又一创举。龙河口水库（现改名万佛湖）当年是全靠人工土法上马建成，是至今世界上最长的人工土坝工程。古堰上建闸桥也算是推陈出新，证实了“大河无水小河满”的预见。从此，堰不断流，水旱从人。

闸桥边还住着一户人家，如果不是出于好奇心及期望对七门堰有更深切的了解，谁还在意闸桥边那扇虚掩的门？主人是一位中年妇人，正倚在躺椅上，见我们进屋，便随口说出：“要喝水自己倒！”

当她明白我们是想了解七门堰的历史时，她摇头说：“我不知道历史，我只知道现在。”她欠欠身说：“对不起，我身体不舒服，只能躺着说话。”“我自二十多年前嫁给了在七门堰上班的男人，就一直生活在这里，公公是七门堰建站的第一任站长，我男人接了公公的班，几年前公公去世，今年我男人也去世了，至今七门堰没有正式的工作人员。”

妇人看了一眼从里屋出来的婆婆和儿子又说：“现在七门堰只剩下我们祖孙三人，方圆四五里内没有人家，都搬走了。七门堰自有了闸桥就有了我们一家人，我们一家三代都工作生活在这里。我和婆婆虽不是七门堰的工作人员，但开闸放水、护堤清淤、保卫坚守，都做着与公公和丈夫同样的事情，我们从感情上已离不开七门堰了。”

看着坐在七门堰妇人身旁的婆婆和儿子，俩人沉默着，一句话不说，端坐着像堰河上游的水不流不动不声不响。婆婆八十多岁，满头银发，面容清净白皙，神情安详；儿子大个儿，退伍军人，身体健壮，憨厚木讷。我试探地问妇人：“假如你儿子接不了班，上面会不会派人来？”她说：“开始是想派人来，可没人来啊！荒山野岭的，孤呀！桥对面就常有野猪出来吃菜。后来领导又说：‘你们还是暂住着吧！’”妇人说：“其实我们很感谢领导，我们真的放不下七门堰。”奶孙二人则似听非听不为所动，也不看别人，只看着自己的正面。

我对妇人道：“你们一家人了不起啊，是七门堰的功臣，算得上是七门堰的守望‘儿女’了，我找机会向外界宣传你们。”妇人精神一振，腰也直起，忙说宣传倒不要，有你们这句话，我们就很满足了。

盈盈一水间，脉脉数千年。数年过去，许多人知道了我的七门堰之行，皆感叹不已，惋惜未能亲临七门堰，未能看到那清且涟漪的七门堰水，未能探访那坚守了半个世纪的七门堰人家。我也常常想起，常常担心七门堰人家还在不在那里。

其实，七门堰之家就在千年不息的大地流水中，它就是一首无声的《扬之水》之歌。

心语

心中的话，触景生情，因情而发。不是不平则鸣，不是鼙鼓呐喊，而是出自人最动情柔弱处的灵感。心有所通，意有所会，大音希声。心语离人心最近，没有隔膜，说自己的故事，给心有灵犀的人听。真言情语，唯心语是也。

爱的坐标

人太需要爱了，可以说人生就是为了爱，无爱的人生等于零。据说刚出生的婴儿，如果没有爱的抚抱，不仅智力低下，而且可能活不过六个月。

人对爱的理解和方式各有不同，有人只图人爱，却不懂爱人的悲欢；有人生性爱人，却得不到爱的回报。事实却是，仅仅被爱不是真爱；仅仅爱人也爱不长远。爱是主客体互换，爱人时也同时被爱着，爱才真实可靠。爱如坐标，横向爱他人，纵向被人爱，纵横相交那一点就是爱心。爱的历程如同函数图像，无论曲直，都柔和光洁美丽，彩虹般充满阳光，五光十色；爱的世界满天星辰，天宇浩瀚，一颗星一个位置一道轨迹，闪烁照耀。

承爱太多或仅有被爱，爱心就丧失了，也不会懂得爱人或被人爱的滋味，生活情趣窄薄，像旗杆那样竖着，孤独无味；一心爱人却少有人爱，爱会萎靡，既无浓度也无高度。爱多情不专，博爱等于白爱，日子寡淡少盐，过得比水平线还平，很累。

许多年前，在西单的中巴车上，听到两个中年妇女的对话，一个说，人一生不管遇到谁，或父母或夫妻或兄弟姐妹或朋友同事，能对你无时无刻的好，想着你就是幸福，这一生就没白活。另一个说，好要两好，将心比心，你爱我爱，相携相帮，哪个不想啊！我感概至今，两人像早年的下岗工人，大概遇有困惑，却满怀爱的理想。

有一对恩爱老人，育有三个儿女，他们对一对再婚要生子的年轻夫妇说，当初我们在给老二喂奶的时候，也准备点东西给老大吃；在给老三喂奶的时候，再准备点东西给老大、老二吃。这样，他们会感到爱是平等的，感受到被爱和爱人，彼此才会爱，才会爱父母、爱他人。老人的爱像一面旗帜，年轻夫妇把它传承给丈夫前妻的孩子。孩子成为留美博士和美国科学家后，思念父母，又回到祖国。

没有无缘无故的爱，爱是人进步发展的需要，恨多数是因为爱而生发。爱有千千万，但真正的爱，是彼此真诚情之所归不带功利自觉自愿，是不计多寡的互换，是和悦默契感应灵动，一种刻骨铭心、心领神会、自然而然、平平实实。“山无陵，江河为竭，冬雷阵阵，夏雨雪，天地合，才敢与君绝”是爱的极限，爱的反叛。真爱无悔也无誓言。

不懂爱是人生的悲剧，爱奢情寡与一厢情愿，都令人同情。人之将老，返璞归真，锦衣玉食思念箪食瓢饮；富甲一方又家财散尽；坏事做多要虔心向佛；善良忠厚反争多叫少，都可能因爱所致，可惜晚了。

爱的坐标有正有负，不管爱得多深多专，都不能走上爱的负面，阳光照耀的爱才辉煌多彩，大美无声。

小草精神

在一个遥远的地方，草是人们的最爱，成为大地上最多最美的植物，就连其西部的沙漠和人烟稀少的戈壁滩、石头山上也是草色遥看近有株。

那些无处不生长的小草，那些无处不低矮的小草，那些无处不牵手相连的小草，扎根了大地，深入了人心。他们改变了人们的生活，改变了人民的文化和环境。

所以，天蓝了，地绿了，白云像棉花，空气里看不见灰尘，田园里看不见浮土。所以，有人说，这才是人民真正对得住生养他们的土地，土地也真正回报了人民。我以为然，又不以为然，是人家私有的土地，发挥了公益的作用，小草起到了改天换地改变人的作用。

又有人说是因为人家富裕了，便想到了环保；生活方式改变了，才有了不一样的追求。我认为这些说得都对，又都没有说到它的根本。

说一件我所经历的事情。当年我下乡第一天干农活的时候，生产队长说，你们知青分两组，一组去做田埂，另一组去砍荒。做田埂就是把田间土埂上的草铲掉，修复整平；砍荒就是去山坡割荒草。这个活年年都要干，所以田间的土埂很多，很干净，白色的路，绿油油的田，越陌度阡。这反映了农民爱庄稼不爱草，喜欢树林不喜欢荒山，草坡野林被认为荒芜贫穷。

后来生活改变了，城里人开始养花，在院子里种，在阳台上栽盆景，有的还到楼顶上栽花种树。城市要美化，一时间城市的草几乎铲光。更有甚者在门前扎个篱笆种菜地，说是搞活经济，其实就是占一块自留地。少有人看到草的好处，只有大路下没有阴凉时，才会踩着草皮走，以图脚上润凉。这种对草的态度与我们的传统文化和封建观念有关，眼光总习惯于仰视向上，对脚下或俯首低矮的事物总不放在心上。重眼前图实惠，重面子图好看。

虽然我们的老百姓都习惯自称为草民或草根，却很少有人去理会草民草根的实际意义，也不会把草根草民的实际意义当回事，更很少有人愿意当草民，讲讲而已。在我们文化的根子上及思想意识中，草根、草民就是等级卑微的底下人，一言以蔽之——视为贱。大家都愿意成参天大树，栋梁之才。小草除了因无用应该铲除之外，还可能有毒、有害。小草在我们悠久的文明史中始终称不上什么文明光彩的角色。

虽然我们也有广袤而富饶的土地和智慧勤俭的人民，但我们情愿把春天的鲜花当作大地的装点，也不能够把四季青青的小草作为大地的衣裳，我们的热血和骨子里欣赏和喜爱花好月圆，只想用草色和绿叶来陪衬。这就是我们与蓝天白云人家的文化区别，也是我们在生活和情趣上的差距。等到我们也有“宁愿无私房，不能没草坪；宁愿不种田，不能不种草”的认识和追求时，我们也会挺胸扩肺地呼吸和高声豪迈地呼喊：“来呀，看看我们的新生活吧！”

现在我们的房子虽然私有了，土地也大部分有了个人使用权，却很少有人想去种草，很少有家家相连的草坪，而且大面积的舒展养眼让人自由活动的草坪几乎见不到。

倒是有两处可以见到，一是高尔夫球场，那是现实生活和文化的另一类别，是外来消费性的少数人的文化场所，是远离大众与大众生活和文化有差别、有距离的草坪。这种类型的草坪少比多好，眼下不利于小草精神的培养。还有就是公共场所和公园的草坪，这些草坪的特点：有人栽种，缺人养护，能共有不能共享；面积很小但各有特色；像盆景景不常在，花不常开；几天前是块草地，几天后或成了花圃或成了丛林；草茂盛得像韭菜或麦苗。

因为我们的文化审美更喜欢有形、有色、有味的东西，更喜欢长脸、养眼、舒心、圆满热闹的精神愉悦，喜欢锦上添花、四季飘香这些景色。而小草做不到这些，它只有勤、静、实、朴，这是它们的精神所在，它们不能也不愿像花儿般开放。

欲使人变的像小草一样具有小草精神，那就需要文化环境。我曾看到这样几件事。在一个遥远的城市，一家一户的草坪相连，看上去像绿地毯，像绸缎和遥远的海，微微波浪，没边没界。皑皑冬天，气温低到零下二三十度，冬去雪融，草地仍与春天一样青青如茵。半月后，家家开始割草，有在傍晚时，有在上班前，有在高阳下，他们都是蓝领、白领、公务员，但他们干活像农民，那个细致用心又像在完成一件工艺作品。之后，每隔十天半月他们就要割一次草，还要摘掉带花的草、种草、捡树叶等，每次大约一个小时，都是一个人独自完成。还有更勤快图好的人，每三五天就重复一次这样的劳动。这样的活一直要干到每年的十一月，等大雪全面覆盖了草坪为止。事后我了解到，每家养护草坪的付出比一个农民种四五亩庄稼的付出还要多，而且养护的功夫就在一个“勤”字上，割草越勤，草长得越齐、越平。

另一处情景则有所不同。有一块半个足球场大的草坪，像一片青云落在四面公路和喧嚣中，很养眼，也很舒心，绿色中有朵朵黄花，是些会飞的蒲公英。草坪上有六个农民工在割草，其中两人一人开割草机，一人在一旁吸烟。另外四个人正用一个被单运断草，每人提一个角，四个人抬着草像出海归来的渔民，慢悠悠，慵散散，快到路边时，一人手一松，全部的断草又倒回到草坪上。三人站在路边笑，一人坐在路牙上歇息。

还有一次我开车进了山区，停车休息的时候，发现有一面山坡青得发蓝，与四面山坡比较，显得特别亮眼。它肯定不是树，但又不像草，我便问一群路过的行人。他们说，那是我们刷上的绿色油漆。为什么？他们又笑，为了航拍，面子好看罢！山炸了一半，既没有草又没有树，只好这样了。还有用网子拴着塑料草罩着山坡的呢！

是啊！当知道草也好看的时候，却不能好好地种草、爱护草，当需要草保护地球上的水土、空气和人类时，又不能真正像小草一样放下身段，心甘做一棵小草。

歌颂小草的诗很多，有写小草的歌唱与理想，小草的顽强与斗争，少有写小草的美丽与柔顺，平凡与朴实，渺小与真诚，奉献与牺牲……做与说不同，有态度，也要有行动。如果能真正做到这些，我们的精神和面貌自然又是一个样子，我们的自然和文化环境也会是另一个样子。小草就是小草，不能光想着歌唱，想着大树，想着开花，形散神离，精神何在！

蒺蒺葳蕤，茝艾芬芳，它们算不上真正的小草，为了蓝天才爱护小草，不当小草偏爱小草，也算不上有真正的小草精神。

习惯与文化

和一帮留学生去美国中部，天高云低，道宽车少，大家有说有笑，悠然不觉地过马路，唯有一女生匆匆跑了过去，机警滑稽，惹得众人讪笑。她却神秘地告诉大家，曾在洛杉矶被警察逮过，罚了五百美元。大家又是笑，也有人愤慨罚得太狠。她倒释然，说和她一起横穿公路的同事、一韩国女孩当场就哭了。

又一次，一留学生和她的教授丈夫进纽约地铁站，刷卡过自动栏杆时，自己卡里没钱了，便尾随着丈夫刷卡通过，被便衣警察逮个正着。不曾想又忘带了身份证，警察不由分说，“咔嚓”一声铐上手铐。在被戴上手铐的一霎那，她的眼泪“哗哗”地往下流。她的丈夫赶紧回家取身份证证件直奔警察局。

三个人都是有学问的留美博士后，都是在最不经意的时刻和最不该犯错的地方犯了平日知耻难为的错。看似一念之差，或是人家警察太严厉，骨子里却有投机取巧、爱占小便宜的劣习。不知她们是否这样想，其实更可恶的是意识不到或不认错的习惯。芸芸苍生，人之不良，如同我们发现别人的错处一样，面对别人外在习惯与品行时，自然想到那一方人的风俗习惯与文化，自然认为“你生在哪就是哪样的人”。

人皆有习惯和不以为意的行为，久而久之，改不了，或许不愿意改了，便成习性，形成习惯意识，再影响他人，已成风气。习与性成绝非是一人或一代人的原因，而是与一方水土或一方文化有关；把知识说成文化也是一种习惯，其实文化绝非一个专业或一两人所仅有。有些习惯不分水土，全人类都有，本性使然也。

习惯是文化的一类，文化无多、少、有、无之分，只有优劣、新旧、传统和现代之别。人有不良习惯，不是因为没有文化，而是受了不良文化的影响，沾染了不健康的旧文化、旧习气。习惯不仅是一个人的事情，而是一群人、一个社会的事情。文化存在民众间。读书人喜欢骂人没文化，民间有“三代不读书，活着不如猪”的混话。骂人没文化也是一种不良习惯，殊不知这也是在骂自己。

人们对习惯和文化的认识常有误区，总认为习惯好的人是有文化，文化好的人是有知识，反之亦然。其实知识多寡与文化、习惯的优劣不成正比。事实常常相反，行为习惯乖戾下流、与众不同的人却多有专业知识，知识满腹的人也多有桀骜不驯、流里流气、扞格不入的。常使人误以为：那些有知识、有本事的人就是先进文化的代表和方向；那些不良的习与性成的行为便是成功者特有的个性。不知去粗取精、去伪存真，文化自身就失去了辨别和扬弃的勇气和能力，于是坏习惯惯生出了低劣文化。

坏习惯人人都有，如随地吐痰。看世界杯足球赛，球员把痰吐得像进球一样强悍潇洒，一个飞痰，眉宇间带着自豪。这样的不文明行为让人恶心却少有人计较。人们太稀罕进球了，吐再多的痰换进一个球，值！NBA 队员则不然，同样也会有运动生理反应，也会有吐痰习惯，但要在那么点大的干净地上，一边打球一边吐痰，没人会与你玩，观众更会吐槽并不再理会你的精湛球技。坏习惯是大众惯出来的，惯出来的习惯怎么会好？正所谓龙生云，云从龙，其所凭依，乃其所自为也。

习惯也好，文化也罢，优劣不会自生自灭，习惯已成，文化想改就难。好在现在都懂了，优秀的人肯定不只是为自个儿。自私自利，把所学的一点知识作为资本的人，既不可能成为优秀有贡献的人，也不可能是所谓先进文化的代表，他只能代表他自己，最终将会被人民所唾弃。

笑有多远

不知什么时候，我们渐渐地发现，我们的面相有些矜持和木然，有些偏于冷峻和严肃，不再有笑的面孔、笑的氛围、笑的感染，或是感觉不到笑的温情、笑的美意。一次偶然的机会，我发现笑是存在的，而且很甜美，很容易感动人，笑原来离人心最近。

一次在飞往美国的航班上，一位年轻美丽的乘务小姐引起了我的注意。她似东方古典美人——“肩若削成，腰如约素，延颈秀项，仪静体闲”。又似中外结合的现代小姐，棕黄的头发，碧蓝的眼睛，标准的瓜子脸，鼻子并不尖翘，而是俏巧挺圆，嘴唇薄又红润，身材高挑。于平常美联航班上一众大婶大妈的乘务员中，很明显地一枝独秀如芙蓉出水。

她发现我在看她，没有像国内的漂亮小姐们那样对欣赏者总是露出愤然或鄙夷冷漠的表情，而是向我投来友好的带着蜜意的微笑，径直走到了我身旁，略为俯身地告诉我，“你走运了。”我甚感疑惑和亲切：“是吗？”我未想到她汉语说得这么地道，大概是经常飞“华盛顿－北京”航线的缘故，她一口纯正美籍的“京片子”，字正腔圆，带着卷舌音。“是的，假不了，”又是莞尔，“你看机舱门已经关上了，你旁边的这个人不会来了。”我被惊得乐了起来，她是怎么知道我正盼望着关机舱门呢！大概乘务员当久了，摸透了乘客的心思，可她也太年轻老成了吧。

我笑着站了起来，说道：“谢谢你给我带来的好运。”“不用谢，这都是你应得的，是天上掉下的馅饼，或者说赶巧了。”我终于忍不住笑问：“你是在哪儿学得普通话？说得这么好！”她很谦逊地笑笑：“不好，一般般，练的，自己练的。”“奇了怪了？自己练能练得这么好！”“中国不是有句俗话吗？‘只要功夫深，铁杵磨成针。’”“你的功夫确实够深了，我们都没法达到你这样的水平。”她已笑得神采飞扬。

这时走来一位皮肤黢黑的大爷乘务员，一手托着盘子，盘子里有一杯水、一杯可乐，满脸的络腮胡子，绽放着一脸的笑，像盛开的黑牡丹。嘻嘻呵呵，浑身的幽默风趣，走着走着，轻轻地一个 360° 旋转，让过了与他相遇的乘务员大婶，两人如风似燕地展示了一下双人舞的优美和默契。在他与她转身之际，还不忘用那只黑大粗的手掌在乘务员大婶的腰际摸了一下，如同清风拂彩云，两人都会心笑了。黑旋风已来到我们面前，又拍了拍乘务小姐的肩膀，一侧身咧着弥勒佛的笑嘴过去了。

一连串目不暇接的笑容，使我乐得合不拢嘴，我已经笑到了心里。用笑自娱自乐也快乐他人，把工作当作快乐的事来做，用快乐的心情感染和服务于人，而不仅仅是为了完成任务或遵守制度。谁能拒绝这样的笑意，而不放松不坦然开怀呢？

在我们的工作和生活中，相逢一笑，不论是在PM2.5（细颗粒物）指数很高的城市，还是在清风拂面的乡野，都已是很高很遥远的奢望了。偶遇笑脸，要么刻板生硬矜持妩媚，要么蓄意而为另有所图。这种笑不仅令人感到陌生，还令人恐惧疑虑，谁都不会也不敢轻易地对着生人示笑，连我们自己或亲人之间都很久没有轻松舒心地笑过了。笑在我们生活中已经成了极为奢侈、极其难得的稀罕事，笑已经不是无价的情怀，不是纯洁的心气，而是有价的带着腐朽肮脏的商品。物质利益已经把一切虚假的笑脸置换成可以定期兑现的凭证。

因为热爱工作而笑，因为回报路人而笑，是我在美国旅行期间的一个发现。一日清晨，我在楼下的路边草坪上锻炼，突然传来很大的噪声，一辆身躯高大的垃圾车来了，这个浑身被绿色铁皮包裹着如坦克一样的大家伙，驶进了我身边的过道里。一位五十多岁的黑人大个子，正轻车熟路地装垃圾箱。他来时冲我一笑，走时仍不忘回头笑笑。一连几天我们都是以这种笑的方式表达了早晨再见的心意。

一天雨后，地有些湿漉，我们路过摆有一排垃圾桶的地方。垃圾车来了，车还未停稳，已有两个年轻人从垃圾车上跳了下来，一个人迅速地抱起了垃圾桶扔给车后面的人；另一个人把扔过来的垃圾桶倒干净，又把空垃圾桶扔了回去。两个人就这样你扔给我，我扔给你，比汽油桶还大的垃圾桶在他们手中，如同 NBA 篮球队员手中灵巧的篮球，传递运转如风如电。摧枯拉朽，几个来回，五个垃圾桶又整齐干净地排列在马路边。他们自信自豪地朝我们大笑，飞身站到车上，一手扶着车栏杆，一手向我们挥舞，那种自信和劳动的喜悦让我回味很久。

我经常看到画报上的老照片，发现我们的老一辈人笑得非常朴实，曾经的我们也笑得很天真，而今天的人们都很严肃。有朋友从邻国观光归来感叹：“邻国看不到一个胖子，每个人都一脸严肃，没有笑容。”我倏然想到样板戏唱段：“心也宽，体也胖，路也走不动，山也不能爬。”《沙家浜》中的伤病员们多么乐观，一心想着杀鬼子，保家卫国。

现在的我们既怕瘦又怕胖，既怕冷又怕热，既怕风又怕雨，就是太看重自己，就是太注重和保护自己的感情了，怎么会对外人或陌生的人无来由地笑呢？继而习惯性地连对自己的亲人都既吝啬又害羞地怯笑，更不会有什么不觉的会心的笑脸了。终日一副苦大愁深、心思重重、机关算尽、警惕智慧的面孔，或是笑里藏刀、皮笑肉不笑的标准式的脸谱，真情笑意已经远矣。

一个没有自然而然的笑的交往，一个不能对笑有新的文化层面的认识和改变，人与人之间怎能彼此信任？社会环境与自然环境怎能变好？

其实笑不在我们脸上，而在人的心里，心有多远笑就有多远，笑得真不真诚不诚，不是用眼睛看出来的，而是用心感受的。

蟑螂之害

面对一座座外表光鲜的居民楼，若有人问，这里面最可怕、最肮脏、最讨厌的害虫是什么？自然人人会说，是蟑螂！这是新时代的新害虫。虽然它的资历与恐龙一样老，但恐龙早已成化石，它却成了现代“新恐”，其危害远远超过了老牌的“四害”。

我正好好地看着书，忽然有一只褐色油亮、贼头贼脑的蟑螂爬上我的手背，它的触角在动，嘴在啮合咀嚼，又很敏捷迅速地逃走，像一只幽灵无声而来无息而去。当我从水壶中倒水时，却倒出了一个褐色的虫的翅膀，打开壶盖一看，一只蟑螂死在了里面，它是怎么进到壶里去的？我正接着一盆清水准备洗菜，刚转了一个身就有一只蟑螂像蜻蜓点水、蜘蛛飞丝一样从盆中水里爬过……

无孔不入，防不胜防，我仅出门几天，我居所的各个角落已被蟑螂全面占领，已成了蟑螂的重灾之域。我的生活和身体全面受其侵害，我再也无法忍受这种无时无刻的本不该出现的害人虫。

灭螂大战开始，我买了药，每晚睡觉前对所有犄角旮旯、隐晦缝隙、蛛尘污垢的地方都喷上灭螂药。这个工作很麻烦，很揪心，很折磨人，先要把厨房的所有炊具都搬离开厨房，又要把盥洗间所有洗漱用品都撸到不喷药的地方，还要把房间里所有与人接触的吃的用的东西能搬则搬，不能搬则用塑料袋包扎上。出于对蟑螂的讨厌和痛恨，我把室内可能藏蟑螂又能喷药的地方都喷了药。为此，我被浓浓的药味熏得整夜睡不好，还叫老婆带着孙子提前回了老家。这一点老家的乡村反比表面干净的城里要好多了。

第一天战果不小，陈尸满地，到处是蟑螂的残骸与挣扎的身躯，这些与白骨精一样的不死躯体，有的已经僵硬，有的还死而不僵，我把它们扫到一起再喷上药，用包装袋扎起来。一连三天我都反复地做着同样的事情，虽然蟑螂死亡的数量一天天减少，但我灭蟑螂的劲头却一天天高涨。

直到第四天我发现了一个新的让人惊异不安的问

题。蟑螂像“还乡团”一样死灰复燃了，它们化整为零，采取游击战术出现在室内各个地方，还有一些小到比蚂蚁还小的蟑螂，多而隐，简直是“童子军”。这次它们所到之处都是我无法喷药又与我生活息息相关的地方。它们爬到床上、床头，进出冰箱，钻入书本，躲进电饭煲，藏在鞋柜鞋里，甚至不紧不慢地上了我的餐桌，堂而皇之地在客厅、在电视机上表现逃技。睡梦中我拍了一下胳膊，醒来时却发现一只蟑螂死在床上。

这是公然的挑衅，是用了坏人特务的智慧和技巧在对付我们人类的无能，我还真拿它们没了办法。唯一能做的是见一只踩一只，有时有的地方根本用不上脚，也顾不了许多，就用手拍用手碾，什么办法能及时弄死它们就用什么办法。

很快这些蟑螂又有了防我对付我的新办法，我只要有一点的脚步声或我一有举手的动作，它们就会迅速地躲起来，或干脆爬到刚上桌的饭菜上，让我只能处理掉饭菜而让它们跑掉。有时它们竟然爬到我正喝水的水杯上，躲在器皿花瓶里，让人恶心又无可奈何。

我不得不承认在这场人蟑对决中，我是彻底的失败者。不仅没有把蟑螂们消灭掉，而且助长了它们肆意妄为的气焰，增强了它们防御和对付人类的能力。更为严重的是，我从精神和心理上产生了对蟑螂的恐惧与幻觉。我经常感觉嗓子里有东西，火辣辣的、痒酥酥的，很不舒服；我不停地洗自己的手，觉得不干净；时常摸自己的背和胳膊，觉得有东西在爬。我自认为有了蟑螂幻觉：不逃离这个居所，就要与蟑螂为伍，和而不同，人亦如蟑螂。

我带着满腹狐疑去问楼上的朋友，朋友哈哈大笑说："我有过与你相同的遭遇和困惑，现在我想明白了，什么事都没有了。这么大一栋楼，200 多户人家，家家都有蟑螂，家家都相通相连，蟑螂到处都是，还能雌雄同体，一只一年能生上万只，你消灭得了吗？你家暂时没了蟑螂，是你把蟑螂驱赶到了邻家，很快它们就会回来。

你把大楼全毁了也没有用，其他小区的楼里也有蟑螂，你逃得掉吗？你逃离不开地球吧？损人又不利己吧？唯一的办法就是各就其所，相安无事，把蟑螂看作小动物、小虫子，没有那么可怕。别人养宠物还不一样？净者自净，污者自污，或许我们与蟑螂共处，也能练出九条生命，像孙悟空一样刀枪不入！"

我从愕然到醒悟，人既然消灭不了蟑螂，就只能让它自生自灭。不是人类的敌人，就是人类的朋友。害虫之所以有害，就是因为它害人。害人的东西就在人的眼皮底下，与人朝夕相处；人们从恨之灭之到忍之安然处之；它有它的黑暗夜，人有人的光明天；那这样的害可能就不存在，可能就是人自找的。或者虫子本无害，是人类害了虫子，虫子再害人类，人类既是原害又能免害。世上本无事，庸人自扰之。害与不害，都是人说了算，忍了算，作了算。

结果自然是忧者自忧，乐者自乐，各费心机，志道不同。不是蟑螂真的无害，而是真的不能说蟑螂多而有害。正如楼里人乐而忘忧、楼外人忧而忘乐一样，无害无利，有害有益。说白了，水至清人至明，单纯一致，那就不是现在人的生活了。

归来航班上

从纽瓦克乘美联航飞机回国，乘客多半是同胞，乘务员也多说汉语。在大西洋上空，我感觉不到距离和新奇。机舱内宽敞，座位按A、B、C……九座排列，三排两通道，成“川”字形。白肤黄发与黄肤黑发之间，如松如涛，一静一动，好似不歇场的影院。

飞机一路追着太阳西行，十三个小时的行程，背离黑暗追赶光明。遥遥天际，蓝天白云，昼夜不分，太多的明亮让人惶惑，有人看大片，有人假寐，有人说话，有人走动。理智顺从了习性，文化是率意，也是惯性。

两岁半的小孙子兴奋异常，被左邻右坐夸为真“精神”，直至精疲力倦，占座而睡。有一对夫妇满头大汗，抱着哭闹不止的婴儿对我说，犹如针芒刺背。

前排有一空位，两旁分坐一男一女。男，年近古稀，商人着装，正用iPAD学英语；女，二十余岁，褐发飘逸，像学生，正专情地看美国电影。妻子对他俩说，这座位没有人我坐一会儿。老少二人互看，想说话又未说。

妻子再去坐时，座位间塞了一个行李箱。老者不在，少者说，他的行李箱在这。妻子说，可以放到架上，我的座位让孙子睡一会。少者无言，离座而去；乘务员来了，说调位要花钱。妻子不悦而回。

少者带着得意和俏笑回到座位，老者也回来了，行李箱重新塞进了座位间。两人交头接耳，先前的陌生人结为胜利的同盟者。

听我说要付钱，乘务员很意外，很干脆地说，“不要钱，你去坐好了！”老者却强硬起来：“不要和我说，让乘务员来。”并大呼，“我是美籍……”问其何方人？他嘟囔：“我是某某会长，求我的人多了去，说不定你会有事找我。”乘务员来了，对老者说：“先生，请把箱子放到行李架上，这个座位是他们的了。”

孙子醒了，我重回到自己的座位；快到北京了，乘务员反复提醒老者，请把箱子放到行李架上；老者一边点头一边玩手机……后来同时来了三位乘务员，一人说：“我已对你说了N遍。”老者回答：“马上搬。”“不是马上，是现在！”另一人语气近乎严厉。

老者倚老卖老，很在乎外物，却不在乎颜面；少者凌然孤芳，高高挂起，把年轻和容貌当外衣。利益使人苟合，终不使人心悦一体。

但凡归来者，都欲有所表现，刘邦衣锦还乡，叹《大风歌》之慨；孙猴子回花果山，招齐天大圣之幡；陶潜归去来兮，觉今是而昨非；今人归来超凡脱俗，要活一回自己，只知我是我，不知谁是谁。

感恩节来了

天冷丝丝落着稀稀拉拉的雪，害怕下午有大雪，赶紧去超市买点菜。美国的店铺一如平常地安静、干净，寥寥几人推着购物车似看展览；货物堆得高高满满的，上货的升降车仍很忙碌，所有的商品都是八折。韩国店里只有老板和老板娘两个人，抬头看了我一眼，又继续埋头看韩剧；这里的蔬菜品种较少，价格却贵些。也有几样少见的菜，如豇豆、萝卜缨、蕨菜等，都比较新鲜。

中国的店铺生意依然好，雪城的中国留学生很多，虽然不是周末，一样顾客盈门。菜不怎么好，我只选了白菜、豆腐等家常菜。小黑板上写着几行粉笔字："下周三上菜，周四不放假。"老板娘说，不放，晚上收店要早一点。说着顺手递给我一本挂历，嘀咕了一声，谢谢关照！

挂历礼轻，但很实用，尤其在美国。中国挂历上有阴历节，喜欢过节的中国人要看阴历，看不到阴历的日子似乎很黑暗，闷着头过日子。赠送的中国挂历上既有中国的阴历节也有美国的节日，等于打开了一扇换气的窗户。下周四就是美国的感恩节。

现在国内的人知道感恩节的人大概没有知道圣诞节的人多，很少有人特意过感恩节。曾有人提倡要过中国的感恩节，大概是出于顾名思义因名续节的美意。真正让国人有感恩像过节一样的热情恐怕还很遥远，真正让国人有自觉感恩的意识恐怕还有待文化的变革。

感恩节始于美国，是美国、加拿大两国全国性的重要传统节日，类似于我国的春节。它与英国 102 名清教徒登陆北美、五月花号公约、印第安人友好礼俗等史实密切相关。但有两点很重要，第一，在登陆的清教徒贫困交加死去一半以上时，为了活命偷吃了当地人的火鸡，当地的印第安人不但不怪他们，反而给他们送来了火鸡、南瓜、玉米等食物，并教会他们打猎、种植、捕鱼等生活技能。第二，五月花号船上 102 名新移民中的 41 名成年男子签署了《“五月花号”公约》，自此美国第一个自愿结合的民众团体诞生。这份公约成为美国日后无数自治公约中的首例和蓝本。

所以，感恩节出自民众的自发的意志，是对社会和他人的感恩，也是对自治民主社会的赞美。首任总统华盛顿把感恩节设定为全国性的节日，1863 年时任总统林肯又正式确定每年 11 月的第四个星期四为感恩节的固定庆祝日，全国放假两天。周五是商家馈赠日，这一天又被称为“黑色星期五”，比太阳起得还早的人们摸黑在各大商店门前排起长队准备抢购几乎白送的商品。

我所感受到的美国感恩节，是公寓楼里的免费聚餐，亲人们团聚相互说着感谢的话，以及美国友人忘不掉邀请远离家乡的外国学生和朋友们共度佳节，还有商场旅店处处洋溢着善待客人的氛围。

去年的感恩节我收到房东一盆叶红似火的“圣诞红”，每家的门前都静静地放着一盆；长长的走廊里间错整齐地排了两排，像朵朵红丹丹的祥云落在每户门前。走在整洁柔软的红地毯上，真的享受到贵宾般的礼遇。我好奇地留意着每一户门前的花盆，仅有一户花盆整整放了四天才不见了。四天里大概所有路过的人都留意到那门前的花和报纸，都和那主人回归的心情一样，有着花开花红的温暖。

节日已不仅仅是吃喝玩乐的欢庆活动，而是一种爱与敬的表达，是自身的需要，也是给予的享受。人生要知道感激，也需要感激，把感谢及微笑真诚地送给每一个人，即使是夫妻、父母、子女、兄弟姐妹之间也不例外。感恩是最好的人间情意！把“谢谢”化作全民共享、永恒不变的节日，这是一个民族的文化进步和文明硕果。

在我们住的公寓楼里，我们带着孙子宝宝和全楼的居民们欢度过了两次感恩节。一百多人，老少咸集，肤色各异，不同的民族，不同的语言，不同的盛装，大家欢聚在大厅里。有的站立，有的走动，有的坐着或站着一圈，有的拖儿带女围坐在地毯上，有说有笑，有跑有跳，吃着各种食物佳肴，喝着各种饮料名酒，有的彼此认识熟悉，有的陌生从未谋面。但此时的人们都有说不完的话，都有共同听得懂的话语，互道一声谢谢！互相碰杯祝福，其乐融融。

当然你也可以因为有事把食物和饮料带到自己的房间去享用，也可以为你未能到来的亲人或朋友带一份晚餐，这都是一份心意，都是这个节日最为正常的行为，都会收获赞许或欣赏的目光。不论是举办者还是参加者都希望在这一时刻里至情至性地分享彼此的祝福，人们带着感恩的心情极尽自由快乐地享受着恩情蜜意，忘却和驱散了平日里那些无由的、自寻的烦恼。

我对感恩节的感受是，感恩是全社会的事，是一件公平付出的事，唯有公益才有永恒的恩情，才令人期盼。

说掼蛋

近几年社会上流行一种玩牌法——掼蛋，话糙理不糙，其玩法倒干净，趣味与智巧并存。

好玩不好说，像个嘻皮涎脸且无拘无束的顽童，讪笑中透着烂漫。通常是流俗粗鄙、破罐子破摔的人好说掼蛋，如某人把某事搞砸了，气馁了，不再做了，便会说掼蛋歇吧。

大雅寓于大俗，大巧藏于大拙，正是这种不好说却好玩的游戏受大众欢迎，被大众所接受。但凡民间兴起的事物都带着下里巴人的习气，都极具接地气、通人性的旺盛生命力。

牌性皆有相通处，离不开“赌趣”二字，其规则和设计皆为了争名逐利。牌场如战场，用尽智巧心机；牌戏如人生，悲喜怯勇，奸猾诚信，精彩纷呈。归根结底，考量着人性脆弱，迎合着人心贪念。正如庄子所云，“以瓦注者巧，以钩注者惮，以黄金注者惛。其巧一也，而有所矜，则重外也。凡外重者内拙。”唯掼蛋与众多牌戏的规则和设计不同，在趣不在赌，能舍不能贪，重在人心内外的统一与和谐。

掼蛋好玩，好在用掼蛋歇的精神，打破常规，将“跑得快”“八十分”“争上游”“斗地主”等多种扑克牌玩法集于一体，丢掉一种打法一种规则的单一和束缚。于自动中循原则，扬弃中求创新，不固守，不偏执，对人、对事都自在灵活得多，寓好玩于玩好之中。

掼蛋还有一种好，较之于“有华人的地方，便有麻将声”的老资格传统麻将文化，更具有新时代大众创新的气象。麻将是大众的，也是腐朽的，它的形式决定了内容，内容制约了进取，闭关自守，单打独斗，将人引入一条道走到黑的死胡同，使输赢者都备受煎熬地深陷在自私自我的泥淖中。掼蛋的产生和兴起，是大众的自觉自愿，是一切牌戏走出赌戏的肇始。讲究的是协作和牺牲精神，共同的目标，共同的进取，竞争于合力之中，快乐于进退之中，创造了一个平和融合的文化氛围。

掼蛋好就好在轻松愉悦，没有包袱，没有重负，劳逸结合，调节生活。从争名争利中走出去，从自我雾霾中走出来，从民间来，到民间去。民不能不劳，不劳则淫生；民亦不能无逸，无逸则怨起。逸之首要为静，静之首要为不挠心。什么样的娱乐方式能做到既不扰民又不挠心又被大众喜闻乐见，又使人跃跃欲试，还深藏智慧展示能力呢？

其实我们不难发现，但凡掼蛋掼得好的，是那些既能官又能民的人；是那些既能上也能下的人。领导者提纲挈领、纵横捭阖；老百姓谨小慎微、严防善攻；上能体下，下能为上，能进能退，有舍有得，有自我牺牲，也有敢于担当，合二为一，战无不往。二人同心，其利断金。其中的品质、风范、为人当功在牌外，却学习领悟于牌中，绝非其他娱乐活动所能及。

掼蛋虽好，总不能当饭吃，更不能当觉睡。假如真像传言那样，饭前不掼蛋，请吃没人干；饭后不掼蛋，等于没吃饭。过犹不及，流行反复，说掼蛋倒是个好提醒——不要真的掼蛋歇哟！

文化是你我他

在我们的人群中叫文化这个名字的不少，有叫李文化的，也有叫张文化的，但凡叫文化的人多数都出生在改革开放之后，这个时期还有叫改革的，叫四化的，这是中国特色，文化紧跟着形势走，趋势慕荣，名为实用。

各个时期都一样，如抗战、援朝、建国、国庆、卫东、红兵等，不一而足都带着历史的痕迹、时代的烙印，非常明显地带着一个时期的文化特点。当然，中国人重姓不重名的文化是悠久的，上可追孔孟，不孝有三，无后为大。是不是自己儿子不要紧，跟不跟老子姓比天还大，后继有人就是为了文化传承。

多子多福，传宗接代，是我们各民族几千年的文化重心，在生育自由旺盛时期，有时名字都起得比较随意，就叫王大、王二、王三，王五……王老九。“老”这个字的含义既深刻又特别，既能称大，也能称小，就看你怎么用，在什么地方用，这也是中国文化。

俗话说，“到什么山唱什么歌，在什么寨子跳什么舞”，现在自然环境都现代化了，人们又想念原生态。真正的原生态是什么？就是原始，就是自然的没有人迹的一切不与人掺和的东西，其实就是没有文化，是人类一厢情愿地把它们赋予了文化情感。

我们的某些思维和说法也各不相同，如非物质文化遗产。人类的一切遗产都带有文化性，精神变物质，物质又变精神，分不清也不用分物质文化和非物质文化。没有文化的物质算不上物质遗产，单纯的文化也形不成文化遗产。就叫物质遗产与文化遗产，最为简明扼要。相对于恐龙化石、太空陨石、浑金璞玉、自然资源这些人类发现挖掘的东西，才是纯粹的物质而有别于人类遗产。

再至于我们常常争破头要得到的所谓“申非”，成了专业术语，却叫多数人牵强地去理解，这也是我们文化的特点，能简则简，简到不明其义为止。与我们取人名同出一辙，只要有姓，名就随大流，讲究那么多没意义！

不关你的事，你就是多管闲事，关你的事也认为你是胡搅蛮缠或得理不饶人。我就见过这类事，排队买火车票，有人插队，青年A叫青年B不要插队，青年B说我是旅行社的，是售票的叫我到前面来。排队的人们都敢怒不敢言，青年A却去窗口与售票人理论。售票人说，人家团购早就预约了，比你们排队的都早。说得青年A有理也没人理。结果多数人都没有买到票。

青年A的岳父背地里说，A一点也不像读书文化人的样，都博士了还百事不通，管那闲事？岳父是个“生意精”，八面玲珑，但求和气生财，自然不理解其女婿“鸷鸟之不群兮，自前世而固然”的样儿。他的文化观仅限于书读得越多越不实际，文化只是面子，是给人看的。

还有一次在火车软卧包厢，来了一对青年男女，看不出是什么关系。男士是浙江人，说话舌头显短。两人都是下铺，穿戴不俗，但带着大包小裹又像是打工回乡。男士大着嗓门，女士奶声嗲气，男士说得多，女士嗲得多。本来就是一趟夜班车，两人像在闺房里开着灯说私房话。都十二点了，仍然兴致高涨，又是翻包又是开瓶要喝酒，只听觥筹交错，笑语连连，又闻满包厢酒气卤味。

深夜一点了，与我同在上铺的对面是一位女大学生，正辗转反侧沉默假寐。我终于忍不住了，对他们俩说，你们能不能说话小点声，现在是睡觉时间。女士不说话了。男士好像一时没有反应过来，停了几秒钟，鸦雀无声，突然站起来，面对我床边，大声说，我买了票，我想说话，想吃夜宵，你管得着吗！这是我的权利，是我的领地！在我的领地里就是我的自由，我想怎么干就怎么干！这时候女士好像拽了拽男士的衣衫，让他坐下。我想，与这样一个买了卧铺票就当领地的人真没有什么好说的。这是典型的以为有钱就可买一切的主。

文化就是这样任性，这样有个性，很特别，但又有共同点。优劣共处，荣辱并举，尊卑互见，受地域民族传统血性等因素影响。好东西很容易丢失，坏东西不打不倒，像灰尘一样，扫帚不到灰尘照例不会自己跑掉。与世上一切产品一样，好东西不可能自生，却会自己变坏。劣质文化也不可能自生自灭，反而腐蚀和侵害优秀文化的力量超强。

文化的进步发展很慢，远没有物质增长发展快，而且物质的发展有时会阻碍或破坏文化的正向发展，有些时候物质先进了，文化却落后了。人常说，有知识没文化，是偷换着概念骂人。其实是有文化缺知识，是人都有文化，不论好歹，除非不属人类。知识是专业，也是技能，有多有少，缺乏某一方面知识，或某些方面短了见识，与人有差异，这些表现人人都会有，但绝不是没文化。

知识是文化的一部分，多一点少一点不那么重要，有些不健康，不利于人类的知识没有更好。文化就不一样了，好的有时学不好，坏的不学漫天飞。更难的是良莠不齐，鱼目混珠，人们有时很难把握或统一何为优秀、何为糟粕的标准，文化自身有时也会丧失自我批判和去粗取精去伪存真的能力，这就是文化的盲区与倒退，是人类和文化的悲哀。

文化的退步说到底是人的退步，相同的人在一起不觉得，不同的人在一起就会比较出来。人是有差别的，但孰好孰差？文化不同看法不同。比如，中国的大妈们跳广场舞，在中国现如今有人认为是进步，是大妈们的自由快乐解放及文化生活的丰富多彩。但你要把它与他人与社会大众的生活比较起来，它还是太闹了，除了扰民还有其他弊病。有人说，跳“忠”字舞时代也不是这么自顾自。

我见过中国大妈在美国跳广场舞，在一个很大的公寓大堂里面，一群五十多岁的旅居国外的保姆、大妈们，把孙辈放在一边玩，自顾自地蹦踢伸手展腰地跳起来。大堂的工作人员们提前下了班，有外国人端坐在沙发上很专心地看电脑，确实没有一个观赏者，但她们跳得自信、自豪、自在。有人邀我带孙子去玩，我说太吵了。她说，在美国的公共场所，谁都不管的。

是啊，是谁都不管，但都知道这是中国大妈，好比有华人的地方就有麻将声，知道中国人就知道中国文化，了解中国文化就了解中国人。同理，我们对外国人的了解也是一样的。

说到底，人生一世都活在文化境界中，忧乐荣辱都是人的文化观，大富大贵穷困潦倒也各有各的样，我们把差异的产生归根为不同的文化思想和意识形态。所谓的“衣食足而知荣辱，仓廪实而知礼节”已不符合现代文化观，是残余的封建思想和礼教。所以，人之一生最马虎不得的是文化教育和影响；文化教养与环境关系密切，对下一代影响深重，万万不可小觑。

文化是你我他，一目了然，自觉自悟。

安居的思考

2010年上海发生了“11·15”特大火灾，痛定思痛，要追究，要反省，要改进，许许多多，说不尽的酸楚和痛苦。但如果还是仅在提高改善居住条件上动心思，而不彻底地改变我们的安居意识，恐怕仍不能防患于未然，长住久安。快速进城，居高望远，如果盖楼房住楼房仍是我们社会的总需求、超强音，恐怕民居的病痛之根难除。

安居是什么？不是大城市里的大房子，也不是社会福利和怜悯的“安居房”，而是能安放心灵的所在，是一个实实在在、温暖的家，甚至就是一张普普通通的单人床。它是亲情、人情、友情的交融聚会；是人生事业爱情的理想归宿。它与高楼大厦、豪宅大院、名誉地位、荣耀耻辱没有关系，也不是理想和口号，而是社会的意识和价值。人都热爱和平共处，但人不是鸽子，不是身体有了栖息之所，就安然无忧。人的居所被安排被上楼，人是不可能真正得到安居；人口城市化，居住高楼化，安全强制化，也不是人们安居和幸福生活的真实追求。

在美国的华盛顿、拉斯维加斯、洛杉矶等著名城市，最令人难忘的景物，不是那些标志性的建筑，而是那些颇有特色的不高又不虚美的民居。我曾在美国的新泽西住过一段时间，那里小区的楼房普遍只有三层高，且是五十年以上的老房子。

楼房虽老，但安全设置非常新奇。每户的窗户外面都安装了一个铁架子，像露天阳台，能在上面行走，铁架的一头安了直梯子，梯子上下相通，从三层到二层到一层，末端离地面大约两米。开始我很纳闷，设置这样的墙外通道，又难看又不安全，有什么用呢？稍有跳跃力或臂力的人，即可凭梯子爬到二、三楼，然后登堂入室，窗户又都不安插销。

后来我终于明白："生命比财产更宝贵，信任比防范更重要。"这不仅仅是安在窗户外边的逃生和救援的楼梯，实是一户户敞开的心扉，让阳光和春风多一道入室的窗口，会增添更多的快乐和清新空气。谁会因担心阴雨或飞虫的闯入，就恶意拒绝或猜忌漠视社会的诚信？平台的铁板平整是为了方便行走；梯子左右交错是避免上下冲突；梯子的最后脚踏不用角铁是为了抓手方便；梯子离地两米是提示这不是正常通道。社会的关爱多了，谁还会再加一道令人尴尬令人陌生的防盗门？闭关自锁，只会使柔软炽热的心变硬变冷。

安居的根本问题不全在改善居住，而在于人们对居住方式的追求和认识，在于社会对民居倾向的引导和制约。居安思危，防患于未然。与其在城市“居大不易”上下功夫，不如在农村“居又何难”上做文章；“与其有乐于身，孰若无忧于其心。”那种勉强或强硬地进城上楼，只会劳民伤财，心神疲惫。经常为安全担忧，为停水、停电、停气担忧，为滴漏噪声担忧，为电梯不启动、门关不上担忧，为交通拥挤、环境脏乱差担忧，为物业费上涨、住房收税担忧，为就业和孩子入学担忧……这样的进城不如不进城，虽有居亦如无居。有居也忧，无居也忧，何为安居？

我曾对一位日本友人说：“中国人多，居住不易。”友人不同意我的说法：“中国的人口密度不比日本高，是被城市聚居困扰。日本不追求高大全的楼房，只追求适合自然和环境的居住方式。”我认为，这样的安居思考很值得借鉴。我们的地壳即使能承受高大的楼房，我们的城市即使能承受大规模的人潮涌动，我们的繁荣即使能承受城市与楼房之最，但我们的人民不一定适合和真心愿意住在这些城市与楼房里。住在城市里却不爱城市；住着楼房却不爱楼房；工人远离厂矿，农民远离田园，安居的意义何在！

现今，有些省市又掀起“农民上楼”、宅基地置换建设用地的热潮，许多农民被上楼，许多民房被拆迁。大片的农田地头不见人，土地不是完整了，而是“荒碎”了，这种现象令人心痛。然而有人说：“是试点，是农民自愿。”

声势浩大，潮流所向，逝者如斯夫，有几人说不是被自愿的？当“小桥，流水，人家”被申遗文化封存，成为不可复制的记忆；当“村庄，郢子，山寨，圩子”被冷落丢失，成为抱残守缺的旧文化名词的时候，谁还守得住自家的一亩三分地，不去过楼上楼下、轿车高速的“好”日子？

除自我安慰和自我满足外，还有越居越高的眼光，越高越见不得矮的心态。多数人还想着安居吗？有居即安吧！

后　记

给书起名不易，尤其给散而又散的散文集取名更不易，既要让人喜欢书名，又要让人明白书意。

书名与人名不同，人名与人并不相称，但是人以名存。书名与书必要相符，名虽无语，书有情理，名以书传。

想了几个书名都不满意，只好先写自序。脑海里便涌现出书中曾经的人与事，似乎又经风见雨地走了一回路，有了蓦然回首的感觉，有了华风、美雨、人生、乡情、心语这些熟悉而又触动心思的词语，便细细品味这些词语中的含义，这不就是人生的寻觅和追求吗？这不就是书中现成的书名吗？

《诗经》里，风代表着华夏文化风格的肇始源头，代表着我们民族的风土人情风俗习惯。我国五十六个民族，各有各的美丽，各有各的特色，最美最值得欣赏的是民族的融合平等，你中有我，我中有你，悠久、平和、大气，形成了风俗地貌人品性格的风和日丽，流传为中国之风。

在美国旅行时我有个感受，就是美国的自然环境好。春夏秋冬，风霜雨雪，自然气候中雨是最为静柔润和的。举例说吧，我在美国断断续续生活有四年，出门就几乎没带过伞。“好雨知时节”，当然还有各方面的因素，客观地说，是人顺乎了雨意。

经历风雨就是经历世事，不经世事哪来人生？有人生便有了许多事，有了许多事便有了人生追求，有了追求和希望的人生才精彩。原始也好，自然也好，现代化也罢，都是人生追求和想改变的事情，所以才有了文化和习俗的不同。哪些更好，哪些更重要，人们一面探索一面斗争，谁都避免不了。有人事就会有是非，有是非才会有文化，有文化才会有梦想。梦想是什么？是星辰也是太阳。

乡情是人生绕不开的结。你走遍天涯，你生在太空你都要寻根觅源，这就是人的文化性，躲不掉否认不了。不管你带着什么目的或信念，你的一生或子孙都心存这份人之常情。

人一生都在思想言说，有花言巧语，有豪言壮语，有真假之辨，有正谬之争，其实都是因为需要，各有各的目的，各有各的说法。唯有心语最有人情味，与人心最近，好坏不强加于人，黑白让人自辨。

《风雨星辰》书名就这样从书中流淌出来。人生伴着风雨星辰而行，不经风雨，不知日月星辰的光明和温暖，不知人心中也有一颗温暖明亮的星星。人生需要两个太阳：一个太阳在天上，它给人生命和光明；一个太阳在心里，它给人信念理想和希望；天上的太阳普照大地昼夜分明，心中的太阳光明正大关照他人。

书名有了，便无所谓好与不好，一个称谓一种说法而已，毕竟名以书传。希望读者更喜欢书而不是书名，并对书中错误之处给予批评指正。

感谢朋友们长期以来对我写作的关心和鼓励；感谢潘孝莉编辑一直对《风雨星辰》的出版抱以热情和积极的态度，并给予了很大的支持和帮助。

图书在版编目（CIP）数据

风雨星辰 / 方文著 . —北京：中国法制出版社，2020.1
ISBN 978-7-5216-0822-9

Ⅰ . ①风…　Ⅱ . ①方…　Ⅲ . ①散文集—中国—当代
Ⅳ . ① I267

中国版本图书馆 CIP 数据核字（2020）第 007284 号

责任编辑：郭会娟　刘　悦　　　封面设计：汪要军

风雨星辰

FENGYU XINGCHEN

著 / 方文

经销 / 新华书店

印刷 / 三河市紫恒印装有限公司

开本 / 880 毫米 ×1230 毫米　32 开　　印张 / 10　字数 / 168 千

版次 / 2020 年 1 月第 1 版　　2020 年 1 月第 1 次印刷

中国法制出版社出版

书号 ISBN 978-7-5216-0822-9　　定价：39.80 元

北京西单横二条 2 号　邮政编码：100031　　传真：010-66031119

网址：http://www.zgfzs.com　　**编辑部电话：010-66022958**

市场营销部电话：010-66033393　　**邮购部电话：010-66033288**

（如有印装质量问题，请与本社印务部联系调换。电话：010-66032926）